万葉びとの宴

上野 誠

講談社現代新書

2258

われらにおいては、だれかが酩酊すると、それは大いなる恥辱であり不名誉である（のに）、日本ではそれが自慢の種である。そして「殿《トノ》はいかがなされたか」と問われると、（家臣たちは）「お酔い遊ばされた」という。

（イエズス会司祭、ルイス・フロイスの一五八四年六月十四日付「日本覚書」より〔松田／ヨリッセン　一九八三年〕）

目次

プロローグ――「うたげ」とは

今日の日、この日のために醸《かも》された美酒――。
料理を作る膳夫《かしわで》たちは、朝から右へ左へとてんてこ舞い。
山海の珍味を並べる舎人《とねり》たち。
美男の楽師は、調弦に余念なく、
美妓たちの室の前を通ると、かすかに匂うおしろいの香。
居並ぶ采女《うねめ》たちは、互いの鬢《びん》のほつれを気にしているらしく、落ちつかない……。
これからはじまる、万葉びとの宴。
お楽しみはこれからだ。

人生とは、出逢いと別れの繰り返しだとは、とある詩人の名言だが、五十歳の声を聞いたあたりから、これから何回、心に残る宴の席に身を置くことができるのか、ということを、少しは考えるようになった。それは、人生というものが有限であるということを意識した瞬間でもあるのだが。本書で明らかにしたいことは、一つ。万葉の時代を生きた人びと、すなわち七世紀後半から八世紀後半を生きた人びとは、どのような宴を催し、どのように宴を楽しんだのか、ということだけである。

「うたげ」の語源

とすれば、まずは、いったいどのように「うたげ」を定義するのか？ 説明せねば、なるまい。本書では、その語源から考えてゆこう、と思う。「うたげ」の語源は、「うちあぐ」にあると考えられている。「うちあぐ」は、「打ち」＋「上《あ》ぐ」ということである。「上ぐ」は、現代語「上げる」で、何かを上方に移動することをいう。対して、「打ち捨つ（打ち捨てる）」「打ちやる」は、何かを打って、捨てたり、一定の空間から排除したりすることをいう。だとしたら、「打ち上ぐ」というのは、転じて、一つのものごとが、完結・終了して、上がりの状態になることをも意味することになる。特定のものごとが終了して、「一丁上がり」ということであろう。つまり、一つ区切りがついたということである。ここから、ものごとの区切りをつけ、けじめをつけるために、その仕事に携わった人びとと酒食を伴にすることを「打ち上ぐ」と称するようになったとみてよい。これを、具体的に動作で示せば、手を打って、手を上げる動作となる。つまり、「手打ち」や「手締め」は、文字通りの「打ち上げ」を動作で象徴的に表現して、けじめをつけようとする行為だ、と私は考えている。

例えば、祭祀や儀式を行うためには、多くの人びとの協力が不可欠となる。そういった協力者を慰労するために、酒食の席を設けることを、「打ち上ぐ」と言ったものと推察される。つまり、祭祀や儀式を終えて、酒食を伴にして、区切りをつけるということである。この動詞「打ち上ぐ」の連用形が「打ち上げ」であり、「打ち上げ」を名詞として使用することは、現在でも行われている。「無事に仕事もひと段落したので、打ち上げをしようか」という、あの「打ち上げ」である。

『竹取物語』（平安初期成立）では、かぐや姫が、成人した女性の証として、髪上げをして、裳《も》と称される巻きスカートを着ける「裳着《もぎ》」という儀式を済ませ、名前を新たにもらったことを記す部分がある。髪上げすなわち、おかっぱ頭だった髪を伸ばして結い上げ、大人の髪型にする。そうすると、裳の着用が許されて、新しい名前をもらうことになる。さすれば、それは一人前の女になったことを意味するのである。ということは、それ以降、いつ結婚してもよいのである。竹取翁は、娘が成人したことを祝い、娘の成人を多くの人びとに知らせるために宴を催した。それは、三日間に及ぶ盛大な「打ち上げ」の遊びであったという。

翁、竹を取ること、久しくなりぬ。勢《いきほひ》、猛《まう》の者《もの》になりにけり。この子いと大きになりぬれば、名を、御室戸《みむろど》斎部《いむべ》の秋田《あきた》をよびて、つけさす。秋田、なよ竹のかぐや姫と、つけつ。このほど、三日、うちあげ遊ぶ。よろづの遊びをぞしける。男《をとこ》はうけきらはず招《よ》び集《つど》へて、いとかしこく遊ぶ。

（「竹取物語」片桐洋一他校注・訳
『竹取物語・伊勢物語・大和物語・平中物語（新編日本古典文学全集）』小学館、一九九四年）

〈現代語訳〉

その後も、翁は、黄金の入った竹を取ることが、長く続いたのでございます。したがいまして、翁の家は、富み栄え、豪門勢家となってゆきました。この姫様がたいそう大きくなってゆきましたので、御室戸《みむろど》斎部《いんべ》の秋田という者を呼びまして、名をつけさせました。かの秋田は、なよ竹のかぐや姫とつけたのでした。このとき、三日間というもの、一人前の女になったことを祝いまして、宴をして遊び、歌舞音曲のあらゆる遊びをして贅を尽くしたのでした。男という男は、わけへだてなくだれでもかまわず招き集めまして、たいそう盛大な宴を催したのでございます。

（拙訳）

と記している。一目瞭然、ここでいう「打ち上げ」は「宴」と同義である。ちなみに、翁が盛大な打ち上げをしたのは、かぐや姫によい婿《むこ》を捜そうという気持ちがあったことは、間違いない。だから、金にまかせて、盛大な宴をして、天下の男たちを集わせたのである。こうして、かぐや姫と結婚したいという男たちが、続々と現れるという話に繫がってゆくのである。

「直会」「足洗い」「豊明」

一方、宴を指す言葉の一つに、「なほらひ」（直会）という言葉がある。「なほらひ」とは、とりも直さず、直り合うことである。ここでいう「なおる」とは、座くずれした場から各自の定められた座席に戻り、衣服も整え、居住いを正して、宴がはじまった時の状態に戻ることである。つまり、けじめをつけるということなのである。古典語では、祭祀や儀式のあとに衣服を改めて、神祭りに奉仕した人びとを慰労する宴のことを「なほらひ」という。漢字で書けば、「直会」である。「なほらひ」とは、本来「直り合う」（なほり＋あふ）ことをいう言葉であり、場や座を変えて、あらためて酒食をはじめることなのであろう。これが後に、「なおらい」「なおらえ」と呼ばれることになる。だから、けじめをつけるために、酒宴のはじめとおわりには必ず「直り合う」のである。とすれば、「打ち上げ」と「宴」と「直会」の意味は、ほとんど重なり合うことになるはずだ。

このように考えてゆくと、私たちは、成人式であれ、結婚式であれ、卒業式であれ、式典などが一段落つくと「打ち上げ」をしようというが、それは具体的には「うたげ」をしようということである。

ちなみに、今日、京都では、区切りをつける「打ち上げ」のことを「足洗い」と称することがある。足を洗うというのは、足を洗って、これまでのいきさつを清算することである。つまり、今日を限りに区切りをつけ、日常生活に戻るための宴ということになる。着衣を改める「なほらひ」とその指すところは同じであろう。しかし、「足を洗う」という言い方は、そのものずばりでおもしろい。足を洗って、明日からは普段の生活に戻るのだ。まるで、それまで悪事でも働いていたように聞こえてしまうこの言い回しには、京都人の遊び心が込められているようだ。

もう一つ、宴に関する議論をする場合に、押さえておかなくてはならない言葉がある。「とよのあかり」という言葉である。よく使用される漢字表記は「豊明」である。「とよ」は豊かだということだが、この「あかり」は、酒を飲んで頬が赤くなることをいうといわれている。私は、その解釈でよいと思うが、あえて別解を示しておこう。「あかり」は、夜必要とされるものであるが、夜間に行われる宴席には、多くのあかりが必要となる。ぜいたくにあかりを灯すことのできた宴、すなわち盛宴を「とよのあかり」といった可能性もあるのではないか。夜、自由にあかりを使用することのできる生活は、前近代社会まで、ぜいたくの極みなのであった。

本書における宴の定義

したがって、「打ち上げ」も、「宴」も、「直会」も、「豊明」も、指すところは、目的を持って酒食を伴にすることであり、つまるところ、多くの場合は「酒盛り」となる。そして、それは、祭祀や儀式が一段落ついて、祭祀や儀式が打ち上げられ、その区切りやけじめのために行われる飲食をいうことになろうか。したがって、そこには、すでに行われた祭祀や儀式の性格を反映して、懇親、祝賀、慰労、送別、哀悼などの意が込められることになる〔倉林　一九八七年a〕。以上のことがらを、やや杓子定規に定義すると、こうなろうか。栄養補給以外の目的、主に懇親、祝賀、慰労、送別、哀悼などの目的のために、二名以上の人間が食事の場を伴にすること。ただし、この場合、必ずしも酒は必須条件ではない。酒が供されることが多いというだけだ。

そこで、こんな話をしよう。学校給食は、「宴」かどうかということである。この場合、同じ時刻に同じ場所で食事が摂られるのであるが、食べている人に、栄養補給以外の共通の目的がなければ、本書のいう「宴」の要件を満たさないことになる。ただし、先生が、今日はA君が転校してきて、このクラスに転入したので、「牛乳で乾杯しましょう」といえば、本書でいう「宴」の要件を満たすことになる。対して、「君と仲良くなりたいので、いっしょにお茶を飲みましょう」と声を掛け、相手がそれに合意すれば、たとえひととき、二人でお茶を飲んだとしても、「宴」ということになる。

『万葉集』の宴

本書は、『万葉集』の宴をテーマとするものであるが、『万葉集』を見渡して、これまでに述べてきた「宴」と「宴」に関係する語句を拾い上げてみよう。

肆宴《しえん》、倶宴歌《ともにうたげするうた》、罷宴歌《うたげをまかるうた》、宴席歌《うたげのうた》、宴親族《うがらとうたげする》、宴吟歌《えんぎんのうた》、宴誦歌《うたげによむうた》、宴会《えんかい》、宴《うたげ》、宴歌《うたげのうた》、結集宴歌《じふえんをむすぶうた》、肆宴歌《しえんしたまふうた》、集宴《じふえん》、宴楽《えんらく》、宴飲《うたげ》、宴居《うたげ》、饗宴《うたげ》、詩酒之宴《ししゅのうたげ》、飲宴《うたげする》歌《うた》、遊宴《うたげ》、飲宴《うたげ》、詩酒宴《ししゅのうたげ》、宴席《うたげ》、宴作歌《うたげにしてつくれるうた》、宴日歌《うたげのひのうた》、侍宴《じえん》、楽宴《うたげ》、豊宴《とよのあかり》、宴飲《うたげする》歌《うた》、罷宴《うたげをまかる》、餞酒《せんしゅ》、打酒歌《ちやうしゅのうた》、饗《あへ》、飲歌《うたげするうた》、飲楽《うたげ》、餞《むまのはなむけ》、飲餞《いんぜん》、楽飲《らくいん》、集飲宴《つどへるうたげ》、

餞饌《せんせん》

※なお、その訓については、さまざまな訓があるなかで、筆者が妥当性が高いと考えているものを示しているに過ぎない。

こうして、『万葉集』四千五百十六首のうち、宴に関わる言葉を重複をいとわず数え上げると、だいたい九十例ある。この九十例を手掛かりに、「宴」で歌われたと推定できる歌を、一つ一つ数え上げてみると二百七十首ほどになる。もちろん、研究者によってその認定数は異なろうが、まぁ、だいたいこの前後の数字に落ち着くのではないか。以上の数字が多いか少ないかは、評価の分かれるところであろう。対して、こんな見方をすることもできる。個々人が作った歌が披露される場のほとんどを宴の場と考えるなら、万葉歌のほとんどは、宴の場で、少なくとも一回は披露された歌である、と。この考え方は、宴を示す言葉がなくても、万葉歌というものは、その概ねが宴で披露されたものであるという考え方に基づいている。

今、なぜ宴を取り上げるのか

プロローグの終わりに、万葉学徒の私が、なぜ宴の本を書こうとしているのか、一言述べておきたい。今日、私たちは、政治と芸術というものを、別々のものとして理解している。しかし、それは、現代を生きるわれわれのものの考え方でしかない。考えてもみるがよい。ともに酒を飲み、あい歌い、和することこそ、政治の原点ではないのか？ そして、どのように席次を決めるのか、それはホームパーティーにおいても、国賓晩餐会においても、悩ましい政治問題だ。まさに、政治の原点。

そもそも、日本の芸術は、その源のすべてが宴にあるといっても過言ではない。すべては、客をもてなすための工夫に由来しているのである。何を食べ（茶道）、何を飲み（茶道）、何を飾り（花道、絵画）、どんな歌を披露するのか（歌道）。そうそう、忘れてはいけない。どんな器を出すのか（陶芸）。その工夫を技に高め、自らの技を磨くことで、自らの生き方を求道する「芸道」にまで高めた日本人。だとすれば、宴について考えることは、日本文化について考えることにつながってゆくはずだ。幸い『古事記』『日本書紀』『万葉集』は、その一部ではあったとしても、宴の様子を伝えてくれている。

だから、本書は、万葉学徒による宴の文化論でもあるのだ。

第一章　宴と歌の関係

本章では、宴に関わる基本的な歌のパターンを、『古事記』中巻、仲哀天皇条と『日本書紀』巻第五、崇神天皇条において確認したいと思います。

『古事記』の「酒楽之歌」

『古事記』には、「酒楽之歌」という歌が伝わっている。「酒楽之歌」をどう読むかについては、諸説があり、その判断は難しいのだが、本書では仮に、「サカクラノウタ」と読んでおこう。ただし、その意味するところは、酒を飲む楽しさを歌った歌と考えて差し支えない。

その酒楽之歌は、『古事記』中巻の仲哀天皇の条に収められている、息長帯日売命《おきながたらしひめのみこと》すなわち神功皇后《じんぐうこうごう》と、品陀和気命《ほんだわけのみこと》すなわち応神天皇との酒をめぐるやりとりの歌々である。ただし、品陀和気命の歌は、建内宿禰命《たけうちのすくねのみこと》が代わって歌っているのである。つまり、代作して神功皇后に歌を返したのである。まずは書き下し文を掲げてみよう。

是《ここ》に、還《かへ》り上《のぼ》り坐《ま》しし時に、其の御祖《みおや》息長帯日売命《おきながたらしひめのみこと》、待酒《まちざけ》を醸《か》みて献《たてまつ》りたりき。

爾《しか》くして、其の御祖の御歌《みうた》に曰《い》はく、

この御酒《みき》は　我が御酒ならず
酒《くし》の司《かみ》　常世《とこよ》に坐《いま》す
石立《いはた》たす　少御神《すくなみかみ》の

神寿《かむほ》き　寿《ほ》き狂《くるほ》し
豊寿《とよほ》き　寿《ほ》き廻《もとほ》し
奉《まつ》り来《こ》し御酒《みき》ぞ
　止《あ》さず飲《を》せ　ささ

かく歌ひて、大御酒《おほみき》を献《たてまつ》りき。爾くして、建内宿禰命《たけうちのすくねのみこと》、御子《みこ》の為《ため》に答へて、歌ひて曰はく、

　この御酒を　醸《か》みけむ人は
その鼓《つづみ》　臼《うす》に立てて
歌ひつつ　醸《か》みけれかも
舞《ま》ひつつ　醸《か》みけれかも
この御酒の　御酒の
あやに甚楽《うただの》し　ささ

此《これ》は、酒楽《さかくら》の歌ぞ。

（『古事記』中巻、仲哀天皇条）

酒は「くし」で、酒は「かむ」もの

解釈を助けるために、若干の言葉の説明をしておこう。まず、神功皇后の歌から。酒のことを「くし」と称するのは、酒に不思議な力があるためで、形容詞「くし」は、不思議だという意味である。「常世」は、古代社会において、多くの人びとが夢想していた理想郷であり、不老不死の他界のことである。「石立たす」は、少御神を讃える言葉で、少御神という神が巨岩の姿として出現したことをいう〔森陽香　二〇〇六年〕。それは、少御神が日本の国土を形成した神であり、巨岩を出現させたり、直立させたりするほどの力を有することを意味する。だから、巨岩に少御神を観想するのである。「寿く」とは、祝意を込めて、誉めたたえることをいう。「神寿き」は、神々しく誉めたたえること、「豊寿き」はにぎにぎしく誉めたたえることをいう。「あさず」は、解釈が難しいが、「止さず」とすれば躊躇することなく一気にということになる。「ささ」は、「さぁ、さぁ」と人にものごとを勧める時に使う囃し言葉と考えればよい。

次に、建内宿禰が、品陀和気命に代わって献上した歌の言葉についても、あらあら見ておこう。酒を「醸《か》む」とは酒を醸《かも》すことであるが、現代語と同じく「かむ」とは、口に入れて歯で噛むことをいう。これは、米を唾液の酵素で発酵を促していたからである。「あやに」は、「奇妙に」「むしょうに」ということを意味する言葉だが、ここでは、「まことに」「ほんとうに」という意味と考えてよい。以上の言葉の解釈をもとに、仮に訳文を示すとこうなる。

〈現代語訳〉

そこで、御子様が大和に帰っていらっしゃいました時に、その母君様、すなわち息長帯《おきながたらし》日売命《ひめのみこと》（＝神功皇后）は、待ち酒を造って御子様（＝品陀和気命）に献上申し上げました。そうして、その母君様が、お歌いになっておっしゃることには、

この御酒《みき》は　私が醸した御酒などではございませぬ
御酒のことをつかさどる長　常世にいらっしゃいまして
神として岩のごとくに出現なさった少御神《すくなみかみ》様
その神が——神として　永遠なる神として——ことほぎのために　ことほぎの舞に狂して醸し
ことほぎのためにと踊りまわって……醸して　献上してきた御酒なのですぞ
一気にお飲み下さいましな
さぁ　さぁ　どうぞ　どうぞ（お飲み下さいませ）

このようにお歌いになりまして、御酒をお勧めしたのであります。そこで、建内宿禰《たけうちのすくねの》

命《みこと》が、御子様の代わりに答えて、歌っていうことには、

この御酒を醸したという御仁はね
その鼓を臼のように立てて　歌いながら醸したからなのかね
舞いつつ醸したからなのかね
この御酒は　この御酒は　言いようもないほどにね
飲むほどに　飲むほどに楽しくなる御酒になっているのでございます
さぁ　さぁ　どうぞ　どうぞ（楽しく　飲みましょう）

この二首は、酒楽《さかくら》の歌というのでございます。

（拙訳）

角鹿《つのが》（越前の敦賀）から帰って来る太子《おおみこ》を待っていた息長帯日売命は、待酒《まちざけ》を醸したとある。「待酒」とは、人を待って造る酒をいうが、実際には客人や旅びとがやって来る日を逆算して、造った酒のことである。したがって、ここでは、帰って来る太子のために酒が造られたのである。古代の酒は、酒を飲む日から逆算して造り、その当日に飲むものだったのである。当然、帰って来れば、酒盛りとなり、御酒が、太子に対して献上されることになる。息長帯日売命は、自分で造った酒などではありませんよ、少御神《すくなみかみ》すなわち他界の

理想郷である常世に渡った少名《すくな》毘《び》古《こ》那神《なのかみ》が、酒を飲む人を祝福せんがために踊り狂って造った酒だから、さぁ、一気にお飲みなさいと酒を勧めるのである。少名毘古那神は、大国主とともに国作りをした神とされるから、その酒は霊威ある酒ということになろう。しかも、永遠の理想郷とされる常世で、神が踊りながら造ったというのである。

歌い踊って造った酒とは

　ではなぜ、踊りながら酒を造ったのか。それは、踊り狂って酒を造れば、祝福の意が込められ、霊威の強いすばらしい酒が出来るという考え方が背後にあることは間違いない。ここでいう霊威とは、呪的な力を持っているということである。しかし、呪的な力といっても、現代でいえば酒を飲んで楽しくなるという程度のことでしかない。けれども、古代社会においては、飲酒によって楽しくなるということは、酒に込められた霊威によるものと考えられていたのであった。つまり、久しぶりに帰った太子をもてなす酒は、普通の酒ではよくないのである。霊威の強い酒でなくてはならないのだ。

　その霊威ある酒を飲んだ太子は、当然、感謝の意を伝える必要があるが、仁徳天皇の時代に至るまで、歴代の天皇、皇后を輔《たす》けた建内宿禰が代わって答えたことになっている。建内宿禰とは、長寿の忠臣で、歴代天皇のために東奔西走した人物である。

建内宿禰は、酒を勧める歌を踏まえて、酒を醸した人は、鼓ではやし立てて、歌を歌って、舞を踊って造った酒だからか、飲めば飲むほどに楽しくなります、と歌い返したのであった。御酒をいただいて楽しくなりましたというのは、酒を勧めてくれた人に対する最高の感謝の言葉になるはずだ。原文に「酒楽之歌」とあるのをどう訓ずるかは、諸説あって難しいところだが、歌の中にある神の造りたもうたすばらしい酒を飲むことで、楽しくなるという部分と呼応していることは、間違いない。

臼に立てて鼓を打つとは

では、どうやって酒を造ったら、人を楽しくする酒になるのだろうか。歌中では、「臼に立てて」踊り狂って、ことほぐすなわち祝福して造った酒だといっている。けれど、「臼に立てて」の解釈は、なかなか難しい。私は、日ごろは横にしてひとりの打ち手が右手か左手のどちらかの手で打つ鼓を、臼のように縦に置くという説で解釈するのがよいと考えている〔土橋　一九八九年、初版一九七二年。および同、一九九三年、初版一九七六年〕。というのは、鼓を縦に置くと、両手で打ったり、さらには複数の打ち手が自由に打つことも可能になるからである。なおかつ三百六十度どこからでも打つことができるからである。つまり、複数の人間が踊りながら打つために、日常の鼓の使用法とは異なる特別な使い方をしている光景を歌い込んでいるのだ、と解釈すべきであろう。そうすれば、鼓を多くの人が連打しながら、踊ることができる。したがって、鼓を臼のように縦に据えて打つというのは、乱舞のための鼓の使用法だと思われる。

もし、これが唾液の酵素でアルコール発酵を促す口嚙み酒なら、ある時は口に酒米を入れて嚙み、ある時は歌って、その酒米を吐き出しながら酒を醸したことになる。つまり、造り手も、楽しく造ったがゆえに、醸し出した酒も、それを飲めば楽しくなるというところが重要なのである。まず、献ずる酒が大切なのであり、その造り方も大切なのである。では、どんな酒がよいかといえば、造り手が楽しんで造った酒ということになろう。

謙遜と感謝の歌表現の型

さて、息長帯日売命の酒を勧める歌と、建内宿禰が太子の心を代弁した酒に感謝する歌を注意深く比較してみると、同じ酒なのに、酒を造った者に対する認識が異なっている。酒を勧める歌では、この酒は自分が造ったのではない、少御神の酒だ、と歌う。ところが、酒に感謝する歌では、「醸みけむ人」とあって、人が造ったとされている。見解を異にしているのである。なぜ、見解を異にしているのだろうか。それは、酒を醸造した者が酒を勧める場合には、神の造りたもうた酒といい、酒を勧められた側は、造り手の苦労を称賛するためである〔服部　一九七七年〕。

地の文には、「待酒」とあるのだから、それが角鹿から帰って来る太子のために、息長帯日売命が造ったこと、ないしは酒造りを命じたことは明白なのであり、明白なることを前提に、これは私が醸した酒ではないと言うところに意味があるのである。こういった表現を用いれば、御酒のすばらしさを強調しても、自らの労苦を誇って相手に謝辞を強要することにはならない。

対して、饗応される側は、造り手の労苦を強調し、御酒のすばらしさを讃えれば、感謝の意を表することができる。つまり、そんなにご謙遜をなされましても、あなたが私にしてくれた酒造りのご苦労は、わかっておりますよ、という阿吽《あうん》の呼吸があるのである。

国家存亡の危機

ここまでで、私は『古事記』の酒を勧める歌と、その勧められた酒を飲んで感謝の念を表す歌について解説を試みた。そこで、ここからは『日本書紀』の崇神天皇の条に収められている歌を取り上げて、宴と歌との関係について、さらに考察を続けてゆこう。

まず、宴の記事を見る前に、その前の状況を踏まえておくことにする。崇神天皇の五年、国内には流行病が蔓延した。人民の過半数が死亡し、六年になると百姓たちは、耕作を放棄して流浪の民となり、国家は存亡の危機を迎えていた。天皇は早朝より深夜まで政務に励み、天の神、地の神に許しを乞い、天皇の御殿に祀られていた天照大神《あまてらすおおみかみ》と倭大国魂《やまとのおおくにたま》の神を別々の地に祀って、互いの神が気兼ねしなくてすむようにしたりした。しかし、事態はまったくもって終息する気配をみせない。

そういったなか、ついに天皇は、自ら斎戒沐浴《さいかいもくよく》をして、神からの啓示を受けることにしたのである。その夢のなかに、ひとりの貴人すなわち立派な紳士があらわれ、天皇に対してこう告げたのであった。貴人は、自分が大物主神《おおものぬしのかみ》であるとまず名告《なの》り、次のように啓示を与えたのであった。天皇よ、憂う必要などないぞ。国が治まらないのは、自分の心によるものだ。もし、我が子孫である大田田根子《おおたたねこ》を使って、私のことを祀ってくれたなら、たちまちにして世の中は平和となるから安心せよ、と。夢から覚めた天皇は、大田田根子なる者を捜し求めて、ついに召しいだし、大物主神を祀らせたのであった。すると、流行病は終息し、五穀は豊穣。平和な世となって、国家存亡の危機から脱することができたという話となっている。

そうして、国家存亡の危機を脱した崇神天皇は、天下泰平となったことを祝して、宴を催したのであった。

八年の夏四月の庚子《かうし》の 朔《つきたち》にして乙卯《いつばう》に、高橋邑《たかはしのむら》の活日《いくひ》を以ちて大神《おほみわ》の掌酒《さかびと》とす。
〔掌酒、此《ここ》には佐介弭苔《さかびと》と云ふ。〕

冬十二月の丙申《へいしん》の朔にして乙卯。天皇、大田田根子《おほたたねこ》を以ちて大神《おほみわ》を祭らしめたまふ。是《こ》の日に、活日自ら神酒《みき》を挙《ささ》げ、天皇に 献《たてまつ》る。仍《よ》りて 歌《うたよみ》 して曰《いは》く、

この神酒は 我が神酒ならず
倭《やまと》なす 大物主《おほものぬし》の
醸《か》みし神酒
幾久《いくひさ》 幾久

といふ。かく歌《うたよみ》して神宮《かむみや》に宴《うたげ》す。即ち竟《をは》りて、諸 大 夫 等《もろもろのまへつきみたち》、歌《うたよみ》 して曰く、

味酒《うまさけ》 三輪《みわ》の殿《との》の
朝門《あさと》にも 出《い》でて行《ゆ》かな
三輪の殿門《とのと》を

といふ。茲《ここ》に 天 皇《すめらみこと》 歌《みうたよみ》 して曰《のたま》はく、

味酒《うまさけ》 三輪の殿の
朝門《あさと》にも 押し開《ひら》かね
三輪の殿門《とのと》を

とのたまふ。即ち神宮《かむみや》の門《と》を開きて行幸《いでま》す。所謂《いはゆる》大田田根子は、今の三輪君《みわのきみ》等が始祖《はじめのおや》なり。

(『日本書紀』巻第五、崇神天皇八年四月―十二月条)

解釈の助けとするために、わかりにくい言葉について、少し解説を加えておこう。「活日《いくひ》」は人名で、ここでは崇神天皇から掌酒すなわち酒を造る「さかびと(掌酒)」に任命された人物とされる。「いくひ」の名は、御酒を勧めるにあたって使用される「いくひさ、いくひさ(幾久、幾久)」から名付けられたとみてよいだろう。だから、「掌酒」の名として、ふさわしいのである。「倭なす」は、「大和を造った」ということで、大物主神が大和の国土を造ったということをいう。だとしたら、大和の国土をお造りあそばした偉大なる神がお造りになった神酒ということになろう。

つまり、ここは、この酒が尋常な酒ではないことを表しているのである。

朝門を出るとは?

「神宮」は、三輪の神の社の一つと考えてよい。三輪山そのものがご神体であるから、神殿はなくとも、拝殿や祭祀者の待機所などの、神祭りのための建物があったということだろう。その一つで、宴が催されたのである。「味酒《うまさけ》」は、三輪にかかる枕詞だが、三輪が酒の神であることに由来しているのである。「朝門《あさと》」は、朝の門の意味だが、同じ門でもその門を朝、使用すれば「朝門」というのである。つまり、夜通し飲んで、朝になって門を出てゆけば、朝門となるのである。『万葉集』では、夜通し逢瀬を楽しんで、朝になって女の家を退出する男のことを「朝門出《あさとで》の君」（巻十の一九二五など）と呼んでいる。

「三輪君」は、三輪の神を祀ることを職掌とする氏のことである。大田田根子は、三輪氏の祖先と信じられていたのである。以上を踏まえて、現代語訳を記しておこう。

〈現代語訳〉

八年夏四月の庚子《こうし》朔《ついたち》の乙卯《いつぼう》（十六日）の日。高橋邑《たかはしのむら》の人、活日《いくひ》をもって大神《おおみわ》の掌酒《さかびと》に任命した（「掌酒」は、ここではサカビトと読む）。

冬十二月の丙申《へいしん》朔の乙卯（二十日）の日。天皇は、大田田根子《おおたたねこ》をもって、大神を祭らせられたのである。この日、活日は自ら神酒を捧げて持って、天皇に献上したのであった。そうして歌を詠み、

　この神酒は　私なんぞが醸造した神酒などではございませぬ
倭国《やまとのくに》をお造りになった大物主様

その大物主様の醸造された神酒でございます
いく久しく　いく久しく（お栄えあらんことをご祈念申し上げます）

と言上した。かくのごとくに歌を詠み、神宮で宴を催したのであった。こうして酒宴が終わると、諸大夫たちが歌を詠み、

うまさけ三輪のご社殿　このご社殿で
朝門《あさと》を開く時になったら外に出て行きたいものだ
「この三輪のご社殿の門を」でございます（朝まで　夜通し酒盛りをしたいのでございます）

と言った。そこで、天皇もまた歌をお詠みになって、

うまさけ三輪のご社殿
このご社殿で夜どおし酒盛りをした後に　朝門を押し開いて出てゆくがよい
「この三輪のご社殿の門を」ね（さぁ　だから朝まで大いに飲んでよいのだぞ）

と仰せられたのである。かくして、社殿の門を開いて天皇は（ご退席なさって）、出て行かれたのであった。いわゆる大田田根子は、今の三輪君《みわのきみ》らの始祖にあたる。

（拙訳）

おもしろいのは、宴に先立って、酒を造る掌酒《さかびと》が指名されていることである。こうして

高橋の邑《むら》の人、活日《いくひ》が、宴のはじめに天皇に酒を勧めたのであった。その歌の冒頭にも酒楽之歌と同じく、「この神酒は我が神酒ならず」の句が使用されている。この言い方は、対象となるものが、特別であったり、神に由来するものであったり、神聖なものであることを強調する言い方であることは、前に見たとおりで、それは功を神に譲って謙遜する表現でもあった（二七頁）。功を譲ったからこそ、相手は、その返し歌で、慰労の言葉を伝えようとするのである。

なぜ、主人が先に退出するのか

そして、ついに宴は終盤を迎える。臣下たる諸大夫たちが宴の場から辞去するために、ここで宴の場を立ち去る歌を歌うのである。諸大夫は、この立ち歌で、今宵は朝まで飲み明かしたいという思いを表明したのであった。立ち歌といっても、それが歌われると、すぐに宴の場を立ち去るわけではないのだ。第一、立ち歌を聞いてから、客を送る主の送り歌がはじまるのだから（詳細後述、三七頁）。つまり、地の文に「即ち竟りて」とあるのは、立ち歌と送り歌がはじまるタイミングを表しているのであって、ここからまた宴が延長になり、いわゆる飲み直しが行われることだってあり得るのである（一九一頁）。したがって、この立ち歌の力点は、朝まで飲み明かしても、楽しくて、楽しくて、飽きることなどありませんよと、主人に対する謝意を述べる点にあるのである。その点を見誤ってはならない。

一方、諸大夫たちの歌を聞いた天皇は、それほどまでに楽しいと言ってくれるのなら、朝まで飲み明かすことを許してやるぞ、といって退出するのである。つまり、天皇の歌は、名残りの尽きない諸大夫の心を斟酌《しんしゃく》して歌われているといってよいだろう。天皇は、「朝まで飲み明かしてもよいぞ」と言い残して、臣下より先に退出したのであった。

では、なぜ宴の主人が先に退出するのか。客に対して失礼ではないか。それは、とりもなおさず、この宴が天皇を主人とする宴だったからにほかならない。天皇は、活日から酒を勧められたということは、一見客人のようにも見えるのだが、もともと酒造りを活日に命じたのは天皇であるから、あくまでも天皇は、主人のはず。しかし、主人ではあるけれども、そこは聖上、すなわち天皇であるから、臣下たる諸大夫が天皇より先に退出するということなどあり得ないのだ。ために、天皇は、主人でありながら、送られる側となるのである。

しかし、主人がいなくなると宴はお開きになってしまうので、朕《ちん》が退席した後も、朝まで飲み明かしてもよいのだぞ、と諸大夫を気遣っているのである。紀は、以上の点を誤らないように「行幸《いでま》す」と書いて退出者が天皇であることをちゃんと明示している。想像をたくましくすれば、天皇が先に退席しないと、臣下は気ままに飲めないのではないか。それも、崇神天皇の気遣いのゆえだろう。

宴の歌の心

以上のように、宴の歌の分析を進めてゆくと、そこには、歌のなかに示されている主人と客の心遣いのようなものが見えてくる。主人は、よく来て下さいました、お酒を飲んで下さいと酒を勧める。勧められた酒を飲んだ客は、おいしいお酒でございましたと、感謝の心を表す。そうして、宴がお開きに近くなると、あまりにも楽しいので名残りは尽きませぬが、ここでおいとまいたしますと歌い、主人は、朝までごゆっくりしていって下さいと引き留める。そういう心を読み取ることができるのである。崇神紀の場合は、主人が天皇ということで、主人である天皇が客である臣下より先に宴の場から退出することになっているが、あくまで客は、その楽しさを褒め、名残りを惜しみ、主人は朝まで飲んで下さいと引き留めることは同じである。

以上の宴の歌を、勧酒歌・謝酒歌・立ち歌・送り歌という分類をして分析しようとした研究がある。古代の歌謡をその歌われた場に即して、いわば歌謡の生態学のごときものを志向した研究である。

勧酒歌・謝酒歌・立ち歌・送り歌の型

代表的分類案を挙げてみよう。この分類法では、息長帯日売命の酒を勧める歌と、品陀和気命の感謝を述べる歌などは、宮廷で歌われた歌だから、「宮廷歌謡」とまず分類する。その上で、「宮廷歌謡」の一つとして「酒宴歌謡」というものが存在すると分類する〔土橋 一九八〇年、初版一九六八年〕。じつは、これまで取り上げた歌々は、その「酒宴歌謡」の典型例とされるものなのである。当該の分類法では、酒宴歌謡を「勧酒歌」⇕「謝酒歌」と、「立ち歌」⇕「送り歌」と四つに分類する。主人が酒を客人に勧め、客人は酒を飲んで感謝の意を表す。そうして、宴の終盤には、客人が辞去にあたって歌う立ち歌があり、それを主人が送る送り歌があると分類する。酒宴歌謡にこういった類型が存在するのは、宴そのものに開宴から終宴までに踏むべき「しきたり」のごときものがあり、それがいわば宴の型となっていたからだ、と推定してゆくのである。だから、酒宴歌謡にも、類型表現があると考える。「しきたり」すなわち「型」である。

したがって、以上の考え方に立てば、『古事記』と『日本書紀』の酒宴歌謡も、もともとは宴の席で歌われていたものであり、それが宴での歌われ方をある程度反映しているとみるのである。

つまり、これは、酒宴の歌にも、「型」があるとする考え方なのである。

宴の歌の型

一方、宴では、座興として歌われる歌もある。このいわば創作歌披露や宴芸にあたる部分の歌の分類をした研究がある。この分類法では、座興で歌われる歌を地域ごとに歌われる俗謡、時々の流行歌、個人の思い出となっている歌、笑いをさそうナンセンスな歌の四つに分類する〔真鍋　二〇〇三年〕。つまり、一定の型のある宴のはじまりと終わりの歌と、宴会に出席した人びとが座興で楽しむ歌があると考えるのである。図示すると次のようになる。

酒宴

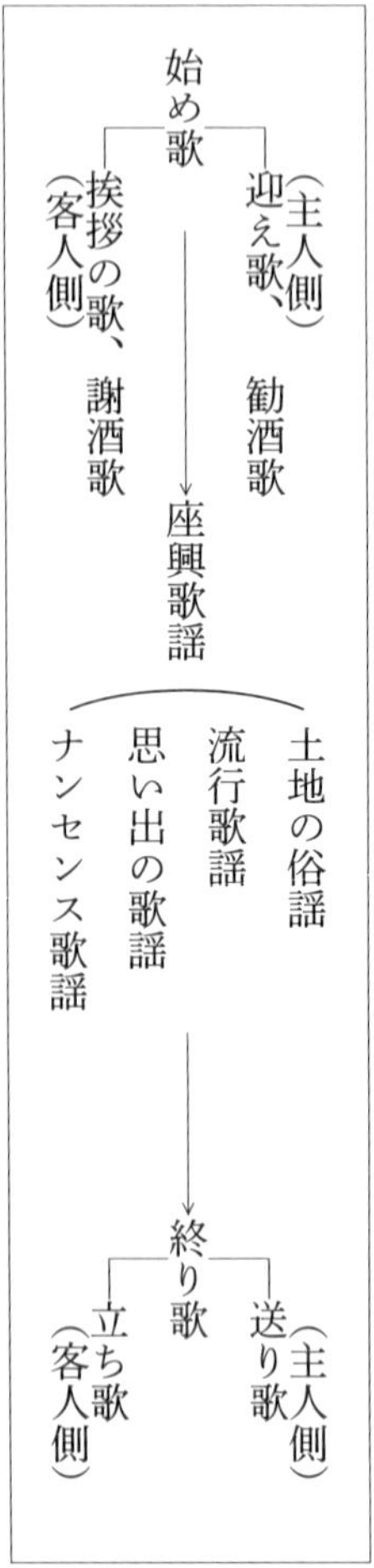

〔真鍋　二〇〇三年〕

万葉学では、どのように宴の歌を分類するのか。有名な分類を一つ示しておこう。『万葉集』のなかにある宴席歌を分析した、次のような分類案がある。

1　開宴歌（主客の挨拶）参上歌、歓迎歌
2　称讃歌　A　主客祝福
　　　　　B　盛宴称賛
3　課題歌（題詠、属目詠など）
4　状況歌（依興詠、古歌披露など）
5　終宴歌（主客の挨拶）退席歌、引留歌・総収歌など

〔森淳司　一九八五年〕

これは、「勧酒歌」⇕「謝酒歌」、「立ち歌」⇕「送り歌」の分類を万葉歌に即して整理したもので、主に天平期の貴族の歌宴の歌の分析から導き出された分類法と考えてよい。古歌を踏まえつつ、自らの思いを述べる創作歌の宴の実態をよく捉えた分類である。「1

開宴歌」と「2　称讃歌」は勧酒歌・謝酒歌。「5　終宴歌」は立ち歌・送り歌に対応する。「3　課題歌」と「4　状況歌」が図の座興歌謡ということになる。

宴の席では、その日のテーマや課題に沿って歌を作って披露しなくてはならないことがあるし、宴の流れに応じて、即興で歌を出したり、古い歌を披露することもある。一方、宴を終える時には、また、主人と客の挨拶の歌もあるし、さらに飲み続けようと客を引き留める歌もある。そして、全員が引き上げる時の歌もある。これらの歌々は、歌い手が場の空気を読み、自由に歌う歌といえよう。

本書では、それらのさまざまな宴の歌について、個々のケースに即して考えてゆこう、と思う。

第二章　額田王の媚態

この章では、額田王という宮廷歌人の、宴での歌を取り上げて、七世紀後半の宮廷での宴のあり方に思いをはせようと思います。

「ご下問」が出た――

では、いよいよ万葉びとの宴へと潜入しよう。時は天智天皇の御代（六六八―六七一）のこと。宴が催された。そこで、天皇は、居並ぶ参会者に対して、とある問いを出された。いうところの「ご下問」である。そのご下問は、時の内大臣、すなわち行政官のトップであった藤原鎌足《ふじわらのかまたり》の口から、参会者に伝えられたのであった。以下、書き下し文を示す。

天皇、内大臣藤原朝臣《ふぢはらのあそみ》に詔《みことのり》して、春山万花《しゅんざんばんくわ》の艶《えん》と秋山千葉《しうさんせんえふ》の彩《いろ》とを競《きほ》ひ憐《あは》れびしめたまふ時に、額田王《ぬかたのおほきみ》、歌を以《もち》て判《ことわ》る歌

冬ごもり　春さり来《く》れば
鳴かざりし　鳥も来《き》鳴きぬ
咲かざりし　花も咲けれど
山をしみ　入《い》りても取らず
草深《くさぶか》み　取りても見ず
秋山の　木《こ》の葉を見ては
黄葉《もみち》をば　取りてそしのふ

青きをば　置きてそ嘆く
そこし恨《うら》めし
秋山そ我《あれ》は

（『万葉集』巻一の一六）

訳文を示す前に、若干の語句の解説をしておこう。「冬ごもり」は、「春」にかかる枕詞。冬が終わって春になるないし、冬には籠って外からは見えない生命力が、春となって外に表れるなどの意から、春にかかると思われるが、よくわからない。「春さり来れば」の「さる」は、ここでは、「やって来る」の意。「山をしみ」は、樹木が繁茂していることをいう。「黄葉」は、「紅葉」と同じく、「もみじ」を表す言葉だが、『万葉集』の時代では、「黄葉」と一般的に書いていた。もみじするの意の四段動詞「もみつ」の連用形が、名詞として使用されていると考えればよい。だから、「もみち」と清音で読む。「しのふ」は、思いをはせることをいうから、賞美することをいっているのである。では、以上をもとにして、拙訳を示しておこう。

〈現代語訳〉

天智天皇が内大臣藤原朝臣（＝鎌足）に、春山に咲き乱れる色とりどりの花のあでやかさと、秋山をいろどるさまざまな木の葉の美しさの、いったいどちらの方が趣深いかとお尋ねになった時に、額田王が歌をもって判定をなした歌

（冬ごもり）春がやって来ますと
鳴いていなかった　鳥もやって来て鳴きますよね
咲いていなかった　花も咲いてゆくのですけれど
山が茂っていますので　分け入って取ることはかないませぬ
草が深いので　手に取って見ることもかないませぬ
秋山の　木の葉を見ますと
色づいた葉っぱを　手に取って私は賞《め》でますのよ
でも青い葉っぱは　手に取らずそのままにして嘆きますの……
その点だけが残念でございますわ
なんといっても秋山の方が良いと思いますわ　ワ・タ・ク・シは——

（拙訳）

題詞にわざわざ「歌を以て判る」と記されていることは、重要である。おそらく、歌以外での返答もなされたのであろう。口頭で自らの意見を述べるという方法もあったはずだ。しかし、当時の貴族たちに課せられたのは、漢詩をもって、春秋の優劣を論じることであったと思われる。「春山万花」「秋山千葉」などという問いかけそのものが、漢詩の言葉である。求められる答えも、漢詩であったはずだ。

ところが、なぜか額田王は、長歌で、ご下問に答えたのであった。

言を左右にする額田王

額田王の歌は最初、言を左右にして、本心を明かさない。その本心を明かす部分は、長歌の末尾にくるように設計されている。

額田王の出した結論は秋なのに、歌は春からはじまる。春のよい点を挙げて、春かぁーと思わせておいて、「でもね！」と切り返す。だって、草深いから、山のなかに入って行けないでしょ、と。おおう、額田王は、秋が好きなのかなぁ、と思わせておいて、でもね、紅葉は花のように一斉には色付かないから、青葉を見て嘆くこともありますわよねぇ、と歌う。秋なのに葉がまだ色付かない時は、恨めしいですよね、と。しかし、その恨みがあるからこそ、やっぱり私は、秋ですわ、と末尾句で宣言するのである。もませるだけ、気をもませておいて、ちゃっかりと自説を明言する。まるで、聞き手を翻弄するかのごとき歌いぶり。そう高くない身分の出身ながら、大海人皇子すなわち後の天武天皇の寵愛を受けて一児をなし、宮廷サロンのなかで、もっとも重用される歌人となっていた額田王。彼女は、この日の宴のなかで、居並ぶ高位高官のなか、自らの思いを歌で披露することを許されたのである。

まさに、人生の晴れ舞台だったというべきか。

聞き手を楽しませる工夫

おそらく、宴では、口から耳へと、歌が伝えられたはずである。つまり、耳で聞いてわかる歌でなくてはならないのである。したがって、長歌といっても、短いものとなる。

では、短い長歌で、額田王が取った戦略は、どういうものであったかといえば、言を左右にして、聞き手の心を揺らすという戦略なのであった。ご下問を受けた参会者たちは、それぞれ、春花派、秋山派に分かれていたろうから、額田王がどちらに与《くみ》するか、耳目を集中して聞いていたはずである。なにせ、宮廷サロンの寵児なのだから。額田王は、それがわかっていて、言を左右にしているのである。しかし、才気煥発、最後には、ちゃっかり、しっかりと自分の意見を述べている。そこに、歌のオチがあるのであって、歌による語りの芸の妙があると見なくてはならないのである。
私が、この宴に招かれていたら、最後の一句を聞いて、こういっただろう。「やられたぁー。うまい！」と。

額田王の芸境

われわれは、知らず知らずのうちに、歌が心の奥にある真情を吐露するものであって、それは芸術だと考えている。しかし、そういう考え方は、近代、芸術至上主義の一方的な見方である。野蛮な言い方をすれば、歌や俳諧を無理やり「芸術」にしたのは、正岡子規（一八六七―一九〇二）だ。

この宴に出席している五人なら五人、百人なら百人の人の心を一つにし、時にその人びとの心を和ませたい。だとしたら、どういう歌を作り、どういうように歌い語ったらよいか、そう考えて、額田王は、一つの戦略を立てたはずなのである。

つまり、歌といっても、それは「芸」なのである。「芸術」ではない。私が、この歌を読んで思いをはせるのは、歌を作ることによって、宮廷社会のなかで、自ら地位を築いた、ひとりの女の至芸である。参会者の関心のありかを見透かした上で、平然と言を左右にしつつ、聞き手の心を揺らしておいて、ちゃんと最後にオチをつける。そこに歌の色気、媚態というものがあるのではないか。まるで、男心を翻弄する悪女のように。
と同時に、私は、宴の参会者の呼吸を読むようなコミュニケーション力を感じるのだが、どうであろうか。私は学生に、一回でよいから、落語をテレビで見るのではなく、寄《よ》席《せ》に足を運んで見てごらんとよく言うし、また学生たちと一緒に足を運ぶこともある。見て感じてほしいと思うのは、一流の芸人は、観客と一体となって、おのが独自の世界を作ってゆくところだ。学生には、前座と真打ちの落語家の違いは、その伝える力、コミュニケーション力の差ではないかとよく言う。自分のことは棚に上げさせてもらうが、よい授業をしている教師の教室では、学生は生き生きとして先生の方を見ている。

ここで、金言を――。聞き手のことを思う想像力を高める努力をしていない人は、人前で話す資格は、ないと思います。聞き手のことを思う気持ちがないと、話は自慢話か、長話になってしまいます。その二つの不愉快さは、まるでベッドで出遭った蛇《だ》蝎《かつ》のごときものです。

第三章　天平知識人たちの雅宴

額田王は、まさに天智朝が生んだスーパー・スターでした。
この章で取り上げるのは、天平の知識人たちの宴です。
彼らは、どのような宴をしたのでしょうか。

梅花の歌三十二首と序

七世紀の後半に成立した律令国家は、律令という法と、その法体系に位置付けられた役人すなわち官人《かんにん》と、官人らが発給する命令文書によって運営される国家であった。その律令国家の成立に伴い、畿内の豪族たちは、貴族になると同時に、官人になっていった。官人として生きる道を選んだ豪族たちは、官人として地方赴任を経験することになったのである。彼らは、赴任先でどのような宴を催したのか？

『万葉集』の巻五に、「梅花の歌三十二首〔并せて序〕」（八一五〜八四六）という歌群がある。天平二年（七三〇）正月十三日のこと、大宰帥《だざいのそち》すなわち、九州の各国を統括する大宰府の長官であった大伴旅人（六六五—七三一）の宅で盛大な雅宴が開催された。大宰府が所轄する各地域から、風流を解する官人たちが集まって、梅見の宴としゃれこんだのである。これが、文学史上名高い「梅花の宴」である。なお、本書においては、官名を表す場合は「大宰」「大宰府」、地名を表す場合には「太宰府」と表記する。

歌の伝来

この三十二首には、序文がついているのだが、その序文は、晋の王羲之《おうぎし》、すなわちかの書聖が書いた「蘭亭集序《らんていしゅうのじょ》」や、初唐の王勃《おうぼつ》、駱賓王《らくひんおう》などの詩序の構成を真似たものである。というより、古代の文章は、先例に倣うのを常としていた。多数派学説では、大伴旅人その人の作とされるが、諸説があり、不明というほかはない。第一、作者の名が書かれていないのだ。では、私は序の作者についてどう考えているかというと、実作者が存在することは間違いないとしても、その名を記さないことにこそ、むしろ積極的意味があると考える。したがって、序の作者を詮索する必要などないのではないか。大宰大弐《だざいのだいに》紀男人《きのおひと》・少弐《しょうに》小野老《おののおゆ》・筑前国守《ちくぜんのくにのかみ》山上憶良《やまのうえのおくら》・造筑紫観音寺別当《ぞうつくしかんおんじのべっとう》の満誓《まんぜい》の面々は、いずれも旅人と交遊があったとおぼしき人士で、「筑紫歌壇」と称せられるグループに属する人たちである。いわば、旅人を中心とする文芸サロンの重要人物たちである。と同時に、彼らは、当時の日本を代表する知識人たちであった。彼らは、平城京から遠く離れた九州の地で、交遊し、互いの歌をやり取りしていたのである。旅人は、四月六日付の書簡を添えて、「松《まつ》浦川《らがは》に遊ぶ序」および歌群（巻五の八五三〜八六三）と伴に、平城京の吉田宜《よしだのよろし》に贈ったことがわかっている。それは、吉田宜の返事の書簡と、そこに添えられた返事の歌によって確認することができるのである（巻五の八六四、八六五）。最新の研究では、書簡として送られた歌々が、『万葉集』の巻五に入ったと考えられている〔村田　二〇一三年〕。

九州の大宰府の所轄地域に、たまたま赴任した人びと。彼らは、その地で交遊し、梅見の宴を開いた。その様子を平城京に書き付けて贈ったのであった。おそらく、旅人は書簡を送るにあたって、その手控えを残していたのであろう。旅人の手元にあった三十二首は、旅人の平城京帰任とともに都にもたらされ、『万葉集』の巻五に収められることになったと思われる。おそらくは、息子の大伴家持（七一八—七八五）の手を経て。ここからは、一つの推定となってしまうが、『万葉集』の巻五は、山上憶良（六六〇頃—七三三頃）や大伴旅人らの元に送られてきた書簡と、発信者の書簡の手控えを利用して、編纂された巻であると、私は考える。しかしながら、最終的には、編纂者によって編集されていることを忘れてはならない。あくまでも、編纂された書簡集なのである。

梅花の宴の歌群をどう読むのか

さて、この歌群をどう見るかということについては、研究者間においても意見が分かれるところである。素朴な見方としては、天平二年（七三〇）正月十三日に、実際に三十二名全員が、旅人の宅に会したとする見方がある。一方、それはフィクションで、集ったかのごとくに歌を並べたとする説もある。また、歌の並び順が、宴で歌が披露された順番を反映しているとする説、座席順を反映していると考える説などがあって、いまだに意見の一致を見ない。

では、上野先生はどうお考えになっているのですかと問われると、はて？　まぁ、一応、こう考えている。『万葉集』は三十二名が一堂に会し、歌が並んでいる順に、歌が披露されていったと読者に読んでほしいと考えて、歌を並べていることは間違いない。だから、並んでいる順番に、歌が披露されたとして読むのがよいと考える。現代に生きる私たちが、それ以上のことを詮索して、座席の配置などを考えてみたところで、証明する手段などないので、ここは『万葉集』の記述を信ずるほかはない。したがって、旅人宅での実際の座席配置や、もとより三十二名がほんとうに旅人の宅に集ったかどうかなどということについては、一切不問としたい。ただし、たとえ仮にフィクションであったとしても、それは『万葉集』が編纂された八世紀中葉における宴のあり方を反映して、それらしく歌が並べられているはずである。だとすれば、仮にフィクションであったとしても、当時の宴の歌のありようを推察する資料となり得ると、私は考える。

美文の「序」

そういう前提で、まずこの歌群の冒頭に置かれている「序」から読んでみよう。

梅花《ばいくわ》の歌三十二首〔并《あは》せて序〕

天平二年正月十三日に、帥老《そちらう》の宅《いへ》に萃《あつ》まりて、宴会を申《の》べたり。時に、初春《しよしゆん》の令月《れいげつ》にして、気淑《よ》く風和《やはら》ぐ。梅は鏡前《きやうぜん》の粉《ふん》を披《ひら》き、蘭《らん》は珮後《ばいご》の香《かう》を薫《かを》らす。加以《しかのみにあらず》、曙《あさけ》の嶺《みね》に雲移り、松は羅《うすもの》を掛けて蓋《きぬがさ》を傾《かたぶ》け、夕《ゆふへ》の岫《くき》に霧《きり》結び、鳥は縠《うすもの》に封《と》ぢられて林に迷《まと》ふ。庭に新蝶《しんてふ》舞ひ、空には故雁《こがん》帰る。ここに、天を蓋《きぬがさ》にし地《つち》を坐《しきゐ》にし、膝《ひざ》を促《ちかづ》け觴《さかづき》を飛ばす。言《こと》を一室の裏《うち》に忘れ、衿《ころものくび》を煙霞《えんか》の外に開く。淡然《たんぜん》に自《みづか》ら放《ゆる》し、快然《くわいぜん》に自《みづか》ら足《た》りぬ。もし翰苑《かんゑん》にあらずは、何を以《もち》てか情《こころ》を攄《の》べむ。請《ねが》はくは落梅《らくばい》の篇《へん》を紀《しる》せ、古《いにしへ》と今と夫《そ》れ何か異《こと》ならむ。園梅《ゑんばい》を賦《ふ》して、聊《いささ》かに短詠《たんえい》を成すべし。

〈現代語訳〉

梅花の歌三十二首と序

天平二年正月十三日のこと、大宰帥旅人卿《だざいのそちたびときよう》の邸宅に集って、宴会が開催された。

時折しも、初春は正月の佳《よ》い月にあたり、気候は良くて風は穏やかだった。梅の花は鏡の前の白粉《おしろい》のごとくに白く咲き誇って、香草は匂い袋のように香り立っていた。そればかりではないのだ。曙の嶺には雲がたなびき、松はその雲のうすぎぬをまとって天蓋《てんがい》をさしかけたかのように見え、夕べの山頂には霧が生じて、鳥もその霧のうすぎぬの内に封じ込められたかのごとくに林の中に迷い飛びまわっている。庭園には新たに生まれた蝶が舞い、空を見上げれば、旧年やって来た雁たちが帰って行くではないか。

かくなる上は、ここに、天を覆い屋として、大地を席《むしろ》に見立て、膝を近づけあって互いの心の許すままに、酒杯《さかずき》を飛び交わせて酒を飲んだのであった。こうなれば、もう言葉など不要。胸襟を開いて友と交わり、心を堂外の雲や霞に遊ばせてくつろいだのはいうまでもない。泰然自若として、心地よく自らの心を満ち足りたものにしたのであった。

何と豊かなる時間であることか。このような境地には、詩文を綴ること以外で到達することなどできまい。どうして詩文よりほかに、かくなる心境を吐露する方法などあろうや。ご参集の風流の士たちよ、落梅《らくばい》の詩歌を記したまえ。昔も今も風流を愛することに変わりなどあるまいぞ。ここに、「園梅」と題して、まずは短歌を作ってくれたまえ。

（拙訳）

それにしても、ザ・美文・美文・美文という感のある文章ではないか。その本意とするところは、今日は、正月の佳き日、天候にもめぐまれて、なんと良い日だ。こんな素晴らしい日に、気心の知れた友、それも風流を解する文雅の士たちと一堂に会することができたのは最高だ。だから、皆で短歌を作って、それぞれの思いを述べ合おうじゃないか！

というくらいのものである。それを飾り立てた漢文体の美文で書くと、こうなるのである。

宴に集った人びとには、「庭の梅と題して、短歌を作れ」と、当日のお題が出たのだ。そのために、参会者は、次々と自作の歌を披露していったのであった（課題歌　三九頁）。こうして集まった歌々を踏まえて、序を置くと、「集序」すなわち集めた詩歌の序文が出来上がる。序文が付けば、今でいうなら、アンソロジーが出来上がることになる。また、私などは、写真のない時代の、歌によるアルバムだと考えているが、どうだろうか。楽しかったよなぁー、あの時はと、読めばかの日のことを思い出すはずだ。

最先端の文学

ただし、前近代までの文章というものは、前述したように、心のおもむくままに、自由にその思いを書き綴るというものではなかったことを忘れてはならない（五一頁）。多くの古典、ここでは漢文で記された書物の表現を借りながら、その時々の状況に応じて書き綴るものであった。ために、この美文の背後には「蘭亭集序」をはじめとした、多くの漢詩文が踏まえられている。読む方も読む方で、頭の中には、その詩文が入っているから、「あぁ、あの詩文のあそこが引用されて、こう書いたのか」とわかり、「なかなかやるなぁー」とか、「よく知っているなぁー」とか、「えっ、あいつの学問ダメだなぁ」と思いながら読むものなのである。しかし、そうやって、日々の読書で蓄えた知識を詩文に盛り込むことこそ、当時の学問であり、文学であったのだ。そして、その学問の担い手こそ、官人であったのであり、この梅花の宴には、天平時代を代表する知識人たちが集っていたのであった（なお、かくいう私は、彼らの千分の一の学力もないことを、ここで白状しておこう）。

彼らは、平城京から、鄙《ひな》すなわち田舎に赴任をしていたのだが、ここは太宰府。朝鮮半島、中国大陸に近く、文化交流という点では、むしろ最前線、最先端の地であった。だから、この序も、当時の最新の文学知識が盛り込まれているのである。われわれは、その一端に、『万葉集』巻五を通して触れることができるのだ。

梅は外来植物

第一、梅見の宴などということが、当時としては、ハイカラな宴会だった。梅は『万葉集』において約百二十首読み込まれており、花の中では萩についで多い。当時、梅は舶来の輸入植物で、珍貴な植物で、貴族の家の庭にしかなかった。だから、好んで歌われたのである。したがって、歌の数が多いからといって、万葉びとがもっとも愛した花と、単純に考えることはできないのである〔桜井　一九八四年〕。ちなみに、『万葉集』に歌い込まれている花の数を列挙してみると、萩約百四十首、梅約百二十首、松約八十首、橘約七十首、菅《すげ》約五十首、桜約四十首などとなる。しかも、梅が万葉歌に歌い込まれるのは、天平期以降で、その多くはこの梅花の宴の歌と、その影響を受けたと思しき作品においてなのである。万葉の梅は……当時の中国趣味なのだ。

天下の文人たちが、その文壇の中心にいた大伴旅人宅に集って、大陸渡来の流行の最先端の遊びをして、その遊宴のなかで、次々に梅花の歌を詠んだと考える方がふさわしいのである。

しかし、参会者に出たお題は、短歌を作って出せというものであった。ここに集った人士は、中国の古典にも精通し、梅花に関わる多くの漢詩文は知っているはず。ならば、逆に日本語の伝統的な詩のかたちである短歌を作ってみてはどうかというのが、この日の宴の趣向だったと考えてよい。ではなぜ、漢詩ではなく和歌だったのか。おそらく、漢詩に詠み込まれている舶来の花を、自分たちの言葉である大和言葉の歌を通して表現することの方がより難しかったはずである。なぜならば、漢詩の表現を和歌の表現に置き換える高度な力がなくてはならないからである。だから、漢詩を作るより、和歌にするのが難しかったと思われる。つまり、天平二年正月十三日の宴には、より難しい課題が出たというわけだ。宴で歌を披露することは、その実、知識と感性と表現力による戦《いくさ》なのだ。ここは、一つよい歌を披露しなくては、と皆意気込んだはず。そんな考察を前提として、歌を読んでみよう。

まず主賓の開宴歌から

正月《むつき》立ち　春の来《きた》らば
かくしこそ　梅を招《を》きつつ
楽しき終《を》へめ

大弐《だいに》紀卿《ききやう》

（巻五の八一五）

〈現代語訳〉
年ごとに睦月という月の立ったなら　春がめぐり来るたび
かくのごとく……　梅を宴の席に招いて
歓を尽くそうぞ！

大弐紀卿

（拙訳）

「紀卿」が誰かについては判断が難しいが、紀男人と考えるのがよい。大弐は帥に次ぐ大宰府の次官で、正五位上相当。帥に次ぐ高官。だから、旅人を除けば、一座で一番の高官となる。ために、最初に歌が披露されたのだ。

「春の来らば」と仮定表現をとるのは、「来年も再来年も、ずっとずっと」という気持ちで表現したもの。それを「かくしこそ」といって、「このように楽しくね」という気持ちで、今の感動を伝えようとしているのである。まさに、開宴の辞にふさわしい（開宴歌　三九頁）。「梅を招きつつ」は、梅を招待客に見立てている。「をく」は、四段動詞で、「招く」という意味。そうして、「楽しき終へめ」と、歓を尽くそうといっているのである。『琴歌譜』の正月元旦の節の「片降《かたおろし》」にも似た表現があり、「新《あら》しき年《とし》の始《はじ》めにかくしこそ千歳《ちとせ》をかねて楽《たの》しき終へめ」とある。また、『古今集』巻の二十の大歌所御歌《おおうたどころのおんうた》「大直毘《おおなおび》の歌」も、ほぼ同様で、第五句が「新しき年の始めにかくしこそ千歳をかねて楽しきをつめ」となっているだけだ。おそらく、宴に招かれた客が使う常套表現だったと思われる。

宴の歌では今を褒めるのが大原則。そして、来年も再来年も楽しい宴をやりましょうよと歌うのが鉄則。開宴を寿《ことほ》いで、次官様は、以上のように歌ったのであった。続いて、小《お》野老《ののおゆ》が次のような歌を歌った。

ここはみんなの家だ

梅の花
今咲けるごと　散り過ぎず
我が家《へ》の園《その》に　ありこせぬかも

少弐《せうに》小《を》野《の》大夫《だいふ》

（巻五の八一六）

〈現代語訳〉
梅の花よ……
今咲いているように　どうかそのまま　散らないでおくれ
わが家の園に　ずっとずっと咲いていておくれ――

少弐小野大夫

（拙訳）

「少弐小野大夫」の少弐は、大弐に次ぎ従五位下の官で、定員二名。大夫は、四位・五位の称で、小野朝臣《あそみ》老のこと。「我が家」といっても、老の家ではない。旅人宅なのに「我が家」がミソ。というのは、宴で心が一つになれば、旅人の宅も自分の家もない。みんなの家だ〔伊藤博　一九七五年a、初出一九七一年〕。「ありこせぬかも」は、動詞「あり」に、希望の補助動詞「こす」の未然形が続き、打消助動詞「ず」の連体形に、疑問助詞「か」がついたかたち。「も」は詠嘆の助詞である。以上のように考えれば、「そうあっていておくれ」というくらいのニュアンスとなろう。花たるものは、咲いて散るのがその定め。が、しかし。散ってくれるなと歌うところに、今のすばらしさを讃える気持ちが表現されているとみなくてはならないのである。さて、次の歌は？

青柳を歌う

梅の花　咲きたる園《その》の
青柳《あをやぎ》は
蘰《かづら》にすべく　なりにけらずや

少弐《せうに》粟田《あはた》大夫《だいぶ》

（巻五の八一七）

〈現代語訳〉

梅の花が　咲いているこの園の
青柳は……
蘰《かずら》にするのに　ちょうど手頃となっている（なんと青々としていることか――）

少弐粟田大夫

（拙訳）

「粟田大夫」については、判断が難しいが、粟田朝臣人（必登《ひと》。当時従五位上と考えられる）説がよいだろう。題が梅なのに、これでは青柳がメインとなってしまうではないかと思う読者も多いかもしれないが、梅花の宴では、それでよしと容認されたのであろう。一方、やはりこの歌には、梅に青柳を配した妙もある。蘰は、植物を輪にして、頭に載せる飾りのこと。青柳を蘰にしたらいい季節となりましたと歌っているのである。これからさらに、梅の花の歌のオンパレードなのだから、変化球も必要なのだ。そうして、いよいよ山上憶良が登場する。

心をつかむということ

春されば
まづ咲くやどの　梅の花
ひとり見つつや　春日《はるひ》暮らさむ

筑前守《ちくぜんのかみ》　山上大夫《やまのうへだいぶ》

（巻五の八一八）

〈現代語訳〉
春が巡って来るごとに
まず咲く　宿の梅の花
そいつをば独りながめて　暮らすとしようかねぇー
そいつはよくないかなぁ　やっぱり　みんなで見なくては

筑前守山上大夫

（拙訳）

「山上大夫」は、言わずと知れた山上憶良。筑前国の守は、従五位下に相当する。「春されば」は、春になると、きまっていつもということ。「ひとり見つつや春日暮らさむ」は、ひとりでしんみりと見るのもよいということだが、それに疑問を呈するかたちにして、やはり皆で見なくっちゃ、と表現しているのである。花をひとりで見たい気分の時もあるけれど、やはり今日のように皆で見るのがよい、といえば……宅の主人、旅人の顔も立つのである。大宴会ばかりがよいわけではないけれど、今日の大宴会は格別にということになるのである。ここは、間接的に主人の心をくすぐる高等戦術ではないのか。

このように、参会者全員に共通する気持ちを汲んで、景色を褒める歌から、個人の心情を吐露する歌へと変化してゆくようである。その傾向は、次の歌にも認められる。

個人の思いを伝える

世の中は　恋繁《こひしげ》しゑや
かくしあらば
梅の花にも　ならましものを

豊後守《とよくにのみちのしりのかみ》大伴大夫《おほともだいぶ》

（巻五の八一九）

〈現代語訳〉

世の中などというものは　しょせん叶わぬ恋ばかり
そんなことなら……
わたしゃ　梅の花にもなりたいものじゃわい！

豊後守大伴大夫

（拙訳）

「大伴大夫」は、諸説あるものの、大伴宿禰三依《おおとものすくねみより》と考え、当時、豊後の守で従五位下相当であったと考えるのが妥当だろう。庭の梅から触発されて、己の思いを語っている。この歌も、変化球。しょせん人生って、こんなもんさ、だったらいっそ、梅の花みたいに、寒中、清楚可憐に咲いて、そして散っていったほうがましさといいたいのだろう。ご本人に恋の悩みでもあったのか。それはどうだかわからないけれど、庭の梅を誉めるだけでは芸がない。たぶん、こういう変化球があっても、歓迎されるのではという読みがあって、苦心して作った、と私は思う。披露の順が下ってくれば、変化球がもとめられることも知っていたのだろう。「世の中」は、人生と置き換えてもよい。「恋繁しゑや」は、難しい。古代語の「コヒ」は、相思相愛ではなく、相手に思いが通じない、苦しい状態をいい、求めても、求めても満たされない思いをいう言葉だ。「ゑ」「や」は、ともに詠嘆を表す助詞であるが、ここでは不都合なことを嘆く表現となっている。「かくしあらば」は、「そんなことならいっそのことに」という意味で、いっそ梅の花にもなりたいものだといいたいのである。お次は、葛井大夫《ふじいだいぶ》が、こう歌う。

梅の花　今盛りなり
思ふどち　かざしにしてな
今盛りなり

筑後守葛井大夫《ちくごのかみふぢゐだいぶ》

（巻五の八二〇）

「かざし」とは

〈現代語訳〉
梅の花は　今が盛りでございます
皆の衆　挿頭《かざし》にしようぞ
今が盛りの　この花を！

筑後守葛井大夫

（拙訳）

「葛井大夫」は、葛井連大成《ふじいのむらじおおなり》のことで、渡来系氏族の名門。根拠地は、現在の藤井寺市。藤井寺は、葛井氏の氏寺である。西安で出土した墓誌で有名になった「井真成」が葛井真成なら、同族の可能性もある。筑後の守は従五位下相当の官。「思ふどち」は、気のおけない仲間たち、同志たちのこと。「してな」の「な」は願望の助詞。だから、「したい」「しよう」ということになる。

「かざし」は「かんざし」の語源となる言葉で、「髪挿」（かみさし）のこと。したがって、梅の花を髪に挿《さ》しましょうということである。これは、当時の宴会の趣向の一つで、季節の花々を参会者が髪につけて遊ぶということがあった。この植物を「かざし」にする遊びには、二つの楽しみがあると思われる。なんといっても、その季節を謳歌しているわけだから、風流であると同時に参会者に連帯感が生まれるのである。同じものを持ったり、着たりするだけだが、簡単なものでは、タスキやハチマキを挙げることができよう。当然、季節の草花でもよいわけだ。もう一つは、同じものを身に着けると、逆に個性が際立つということがある。「妙に似合っている人」「違和感ある人」「晴れやかに遊ぶ人」

「恥ずかしがる人」などなど、皆違っておもしろいのだ。

直球あり、変化球あり

開宴歌は、「すばらしい、楽しい」（八一五、八一六）と歌う。これは定番で、いわば直球だ。しかし、こういう歌は、宴席歌の基本形ではあるのだが、誉めてばかりだと、逆に白々しくなる。つまり、変化球も必要なのだ。その変化球こそ、各人の腕の見せどころで、どう捻るかに、苦心がある。

八一七　青柳もあるじゃないですか（梅の花　咲きたる園の　青柳は　蘰にすべく　なりにけらずや）

八一八　梅をひとりで見るのもよいけれど、やっぱりみんなで見たいよね（春されば　まづ咲くやどの　梅の花　ひとり見つつや　春日暮らさむ）

八一九　いっそ梅の花になりたいよ（世の中は　恋繁しゑや　かくしあらば　梅の花にも　ならましものを）

と捻り出すのである。こうして、直球、変化球を織り交ぜて、次々に歌が披露されてゆくのだ。

梅花の宴

梅花の宴歌全体は、前に述べた課題歌（三九頁）に当たる。そして、かの宴は、時代を代表する知識人の宴であった。参会者各人は、宴の雰囲気を正確に読み取り、その上で、課題をこなしてゆくのである。つまり、お題をちゃんとクリアーしながら、「うまい」「なるほど」「さすが」と聞き手を唸らせる歌を作ることに熱中していたのではなかろうか。そうすると、皆ねらうところは同じところに集中して、似たような歌が出来てしまう。さすれば、作り手は、こう考えはじめるのである。同じような歌がたくさん出るだろうから、そのなかで、キラリと光るものは何だろう。そこに自分の独自のものを織り込むためには、どうしたらよいか、と考えはじめるのである。

ここに集ったのは、当代きっての文雅の士ばかり。古今東西の古典を踏まえつつも、新味がなくてはならない。一方で、この宴に参集している人びとの心を摑むためには、この、現今の、雰囲気を摑めなくては、どうにもならない。その場にいなくては摑むことのできない空気を摑んで、その場にいる人びとが皆知っているであろう古典を踏まえ、少しひねって、なるほどと思わせる。突飛でも、マンネリでもない新味を加えた歌を作る。これが文雅の士の技芸というものである。

ここで、金言を――。宴会のスピーチは、場の雰囲気を読んで、楽しくが基本ですが、場に縛られているようでは、まだまだ未熟というもの。その場の雰囲気を作る側になってこそ、宴の達人になれるのです。

第四章　『万葉集』の最後の歌

第四章から第六章までは、正月の歌の話です。正月は、年の始まる祝い月。一年で一番華やかな宴が行われる時です。さらには、宴席の数も、飛び抜けて多かったのです。

平城遷都1300年記念事業として2010年に復元された第一次大極殿正殿

「朝賀」は「みかどおがみ」

毎年、年末年始となると胃腸薬のテレビ・コマーシャルが増える。やはり、忘年会や新年会で、飲み過ぎ食べ過ぎの機会が多くなるのだ。

じつは、奈良時代の宮廷社会も、年末から年始にかけては、儀式や宴会が多かった。そのなかでも、最大のものが、元日の「朝賀《ちょうが》」であった。正月元日に、都で勤務している官人たちが、大極殿に集って、天皇に拝礼を行う儀式である。大極殿は、天皇の宮の中でも中心となる建物であり、たいへんな盛儀であった。

「朝賀」を大和言葉で表現すると、「みかどおがみ」ということになる。つまり、そこに集まった官人たちが、天皇に新年の拝礼をするのである。「朝賀」は、宮廷儀礼のなかでも、もっとも大事な儀式であったといえよう。この「朝賀」が文献に見える最初すなわち初見は、『日本書紀』大化二年（六四六）正月の条である（甲子朔）。したがって、孝徳天皇の時代（六四五―六五四）には、「朝賀」の儀が中国より受け入れられていたと考えられている。大極殿のある朝堂院は、まさに「朝賀」を行うための空間と考えてよく、孝徳朝の前期難波宮には、「朝賀」を行う「朝堂院」がすでに備わっていたことが発掘によって確認されている。

「朝賀」と「元日節会」と

中国においては、古く漢代に「朝賀」にあたる儀式が行われ、「元会儀礼《げんかいぎれい》」と呼ばれていた。「元会儀礼」は、「朝儀《ちょうぎ》」と「会儀《かいぎ》」に分かれていて、「朝儀」では、皇帝への拝礼と献上品の献上が行われ、「会儀」では、地方組織からの会計報告が行われていた〔阿部他編　二〇〇三年〕。

孝徳朝に日本が受け入れた「朝賀」は、この漢代の「朝儀」を起源とするものであったが、かなり形式化の進んでいた隋と初唐の儀式であった。それが、日本に導入されたのである〔古瀬　二〇〇三年〕。ここで、形式化といったのは、すでに君臣の礼を表現する儀式になっていたという意味においてである。じつは、日本の遣唐使たちが、危険を冒して、風向きの悪い秋冬に渡海したのは、中国の朝賀に参列し、中国皇帝に拝礼するためだったのである。遣唐使たちが、実際に唐の元会儀礼を見聞したこともあって、日本の「朝賀」も徐々に整備され、文武朝（六九七—七〇七）には、後代に引き継がれる儀礼の流れが確立していたとみられる。

「朝賀」が終了すると、天皇は、参会した臣下に対して、酒食を振る舞い、饗宴となった。これが「元日節会《がんじつせちえ》」である。つまり、「朝賀」の「直会」なのである（一一三頁）。ただ、元日の儀式ということであれば、『日本書紀』の推古十二年条や、『隋書』の倭伝にもある。おそらく、それらの儀式が、律令制の導入によって、新しく整えられて「元日節会」となっていったのであろう。

さて、ここまでかいつまんで、「朝賀」と「元日節会」の関係を述べてきたわけだが、この「朝賀」と「元日節会」以降、宮廷においては、さまざまな儀式と、儀式に伴う宴会が行われ、ほぼ半月にわたって、儀式と宴会を繰り返していたと考えて差し支えない。貴族たちにとって、いちばん忙しい季節だったのだ。

国司と郡司の「朝拝」と「宴」と

では、地方の国司たちは、どのような正月を迎えていたのであろうか。この点については、養老令に規定があり、奈良時代の現行法であった大宝令にも、ほとんど同様の規定があった、と思われる。そこで、養老令を見てみよう。

凡そ元日《ぐわんにち》には、国司皆僚属《れうぞく》郡司等を率ゐて、庁《ちやう》に向ひて朝拝《でうばい》せよ。訖りなば長官賀《が》を受けよ。宴設《まう》くることは聴せ。其れ食《じき》には、当処の官物及び正倉《しやうそう》を以て充てよ。須《もち》ゐむ所の多少は、別式に従へよ。

（「令　巻第七　儀制令第十八の一八」井上光貞他校注『日本思想大系三　律令』岩波書店、一九七六年）

訳してみると、以下のようになろう。

〈現代語訳〉

元日については、国司がすべての国庁に所属して勤務している者たちと郡司らを率いて、都の大極殿に向かって天皇に対する拝礼を行わせよ。終わったならば、国司の長官が、国庁勤務者と郡司から、新年の挨拶を受けよ。宴を行うことについては、これを許可せよ。その食事については、各国庁の官有物及び国が管理する倉より供出、支出せよ。その供出、支出の量や額の多寡については、施行細則に従うこと。

（拙訳）

つまり、当時の法令では、地方官は元日に国庁に参集し、国司に率いられて、都の大極殿を遥拝すなわち遥か遠くから拝礼を行い、その後に、国司が今度は集った国庁所属の各官と郡司から年始の賀詞を受けるという規定になっていたのである。そして、宴会──。

おもしろいのは、この日の飲食については、官有の飲物、食物の供出・支出が認められていたということである。しかし、過多な供出・支出とならぬように、公費支出に基準が設けられ、施行細則によって制限されていたのである（令の規定には、このような官人に対するチェックシステムも、ちゃんと盛り込まれているのだ）。

ここで注意しなくてはならないのは、国司が統括する地域を実質的に支配している郡司たちも、国庁にやって来て、大極殿を遥拝し、国司に賀詞を奏上して、宴に参加していたということである。郡司たちは、代々その地に住みついて根を下ろし、実質的にその地を支配している、いわば土豪である。もちろん、郡司の事実上の任命権は国司にあるのだが、地方に行けば、郡司たちこそ実力者なのだ。次に述べる点を忘れてはならない。

郡司と宴会でコミュニケーション

第一、国司が任地に赴任しても、実際にその土地で働くのは、その土地を代々治める郡司なのである。したがって、郡司がそっぽを向けば、国司はその任務すら果たし得ないのだ。もし、郡司たちとの間に紛争が起これば、突然、己に矢が飛んでくることも、放火にあうことも、あった。ではどうやって、国司は、郡司たちを手なずけていたのか？　例えば、郡司たちの子弟を、都の下級役人に採り立てたのである。郡司の子どもは、男なら天皇や貴族の家で事務官として働く道をつけてやり、女なら采女《うねめ》すなわち下級の女官として宮廷に上がる道をつけてやるのである。采女の中には天皇の子を宿す場合もあるから、大出世となることだってあり得る。つまり、郡司の子弟の将来のために、道を作ってやるのである。

二つ目の懐柔策は、郡司たちの領地を国司が保証してやるという方法があった。すなわち、世襲を容認するようなかたちで、親から子へと、国司が郡司を任命してやるのである。しかし、その前に、もっともっと大切なことがある。まず、郡司たちと良好な人間関係を作っておかなくては、何をやってもだめだろう。だとしたら、まずは宴会だ。お近づきのしるしに、一杯いかがですか、というわけだ。

「儀式」と「宴」と

私は、地方に赴任した国司と在地実力者たちとの交流によって、都の文化が地方に浸透し、各地方のもつ独特の文化も都にもたらされたのではないかと考えている。いわば、宮廷の正月行事のミニチュア版が、各国の国庁においても、広がっていったと考える。つまり、

a 大極殿における朝賀→　**b** 元日節会（直会）
$\mathbf{a}^2$ 各国庁における朝拝→　$\mathbf{b}^2$ 国庁における宴（直会）

というように、儀式→宴（直会）の関係になっているのである。一方、各氏族では、それぞれの氏族を統括する氏上《うじのかみ》の宅においても、正月の宴が行われていた。

$\mathbf{a}^3$ 各氏における正月儀礼→　$\mathbf{b}^3$ 各氏における宴（直会）

も行われていたのである。朝賀は、今日の宮中参賀であり、国務大臣、各国大使の参賀がそれにあたる。さらに、今日では皇居において一般参賀が行われる。一方、各官庁においても、今日、元日参賀は行われていないものの、正月四日には仕事始め式がある。県庁、市役所もまたしかり。また、家でもお正月の行事があるはずだ。正月行事は、今日に

おいても、多く飲食を伴っており、儀式と直会の関係は、かたちを変えて現代に続いているといえるのではないか。国家の新年会、地方組織の新年会、仲間の新年会、家々のお正月の宴が、それぞれに行われるのと同じである。

新年の挨拶の儀式があって、直り合って、さぁ、お待ちかねの宴会です、ということなのだ。

天平宝字三年正月の因幡国庁にて

天平宝字二年（七五八）、大伴家持は、因幡の国庁に、国司として赴任していた。そして、迎えた正月。明くる三年（七五九）の正月は、雪であった。雪の降る日の朝拝を終えて、家持は、

三年春正月一日に、因幡国の庁《ちやう》にして、饗《あへ》を国郡の司等に賜ふ宴の歌一首

新《あら》しき　年の初めの
初春《はつはる》の　今日《けふ》降る雪の
いやしけ吉事《よごと》

右の一首、守大伴宿禰家持《かみおほとものすくねやかもち》作る。

（巻二十の四五一六）

と歌ったのであった。時に家持、四十二歳。いわゆる「万葉終焉歌」である。というのは、巻一から数えて最終巻の巻二十。その巻二十のなかでも最後に収められている歌であり、歌われた年月がもっとも新しい歌だからである。つまり、万葉の最終歌ということになる。したがって、万葉終焉の地は、現・鳥取市国府町中郷ということができる。『万葉集』の題詞を読むと、これが儀制令に基づく宴の歌であったことがわかるのである。

いやしけ吉事

新年に降る雪は、豊年のよい兆とされ、新年の宴では、この点を強調したのである。やはり、「めでたい！」と歌うのが、お正月の歌の基本なのだ。

さらに、天平宝字三年の正月は、特別な正月なのであった。ちょうど、一月一日と立春が重なったからである。立春は、読んで字のごとく、「春立つ日」なのであるが、一月一日に重なることは、めったにない。重なるのは、十九年に一度だけである。家持は、この点を強調したのである〔大濱　一九九一年〕。

▼一つよいことがありました……新年です。
▼二つ目のよいことがありました……本年は、お正月と立春が重なりましたね。
▼三つ目のよいことがありました……吉兆となる新年の雪が降ったのです。
▼四つ目は……さらにさらによいことが――重なってゆきますように。

つまり、さらに四つ、五つと重なってほしいということだろう。それを「の」「の」「の」と繋ぐところが、家持の選んだ戦略なのであった。そんな家持の思いを汲んで、訳文を作ると、こうなる。

〈現代語訳〉

三年春正月一日に、因幡国の庁において、酒食を国郡の司らに饗応する宴の歌一首

新しい年の初めの
初春の今日　降り積もった雪のように
さらにさらに重なってゆけ、よいことが！　さらにさらにね――

右の一首は、守大伴宿禰家持が作った歌である。

（拙訳）

「初春の」は、春の初めの月の意だが、ここでは当然、正月を指す。「いやしけ吉事」の「いや」は、「いよいよ」「さらにさらに」の意を表す副詞。「よごと」は、吉い事で、吉事であり、よい兆である。だから「いや」は「さぁさぁ」という意味が込められている。「しけ」は重なるという意味。したがって、「さあ、重なってくれ、よいことが」くらいの意味で考えておけばよい。ちなみに、私を含めて、多くの万葉学者は、その希望的観測も含めて、こう考える。それは、この歌集を紐解くすべての人びとに、幸多かれと祈る気持ちを込めて、『万葉集』の編纂者は、ここに、この歌を置いたのだ、と。

主人の挨拶の歌の型

私は、これは一つの挨拶の歌だと思う。そこで、これを新年会の乾杯の挨拶に見立ててみよう。私が家持だったら、こう挨拶する。

本日は、朝拝の儀、おつかれさまでございました。雪が降り積もりまして、足もとが悪く、ご参集いただくのがたいへんだったと思います。しかし、新年に降る雪は、古来、よき兆すなわち吉兆とされております。なおかつ、本年は、十九年に一度の歳旦立春でございまして、元旦に立春を迎えることができました。よき年のはじめに、よき雪が降り、本年はさらに吉事が重なるのではと、期待しているところでございます。このよき年の年頭にあたり、ご参集いただきました皆様に対しまして、及ばずながら、国司の任を拝命しております大伴家持より、一言ご挨拶申し上げました。皆様方、グラスの用意はいかがでしょうか……。それでは、カ・ン・パーイ！

ここで、金言を――。さしさわりがないから、時候の挨拶がよいと考えている人がいたら、まだまだ未熟です。その時々の花鳥風月を折り込むことによって、その挨拶が印象に残る一言になるようなものでなくてはなりません。挨拶とて、一期一会。今日の、この日以外にはあり得ないというものでなくては――。

第五章　雪かきして酒にありつこう

新年の雪は、おめでたい。だから、雪見の宴も行われました。
この章では、天平十八年の正月、雪日の宴に潜入しています。

天平十八年正月の雪

天平十八年（七四六）は、都が久邇京から平城京に戻ったばかりで、準備が整わなかったのか、はたまた天皇が病気であったからか、この年の朝賀が行われなかった。聖武天皇の久邇京遷都は、臣下たちからみれば、あまりにも突然で不評であったと思われる。政治的混乱を経ての、ようやくの平城京還都である。それでも、正月は祝いたい。そして、吉兆とされる新年の雪も降った。雪だ。雪かきだ。退位して太上天皇となっていた元正太上天皇様のお住まいの雪かきをしなくては、と時の左大臣、天下の宰相 橘 諸兄《たちばなのもろえ》らの高官たちが、雪かきの奉仕に参内した。元正太上天皇、時に六十七歳。

天平十八年正月、白雪多く零《ふ》り、地《つち》に積むこと数寸なり。ここに左大臣 橘 卿《たちばなきやう》、大納言《だいなふごん》藤原《ふぢはらの》 豊成《とよなり》朝臣《あそみ》また諸王《しよわう》諸臣たちを率《ゐ》て、太上天皇《だいじやうてんわう》の御在所《みましどころ》〔中宮の西院〕に参入《まゐ》り、仕へ奉《まつ》りて雪を掃く。ここに詔《みことのり》を降《くだ》し、大臣参議并《あは》せて諸王は、大《おほ》殿《との》の上に侍《さもら》はしめ、諸卿大夫《だいぶ》は、南の細殿《ほそどの》に侍はしめて、則《すなは》ち酒を賜ひ肆宴《しえん》したまふ。勅《みことのり》して曰《いは》く、「汝《いまし》ら諸王卿たち、聊《いささ》かにこの雪を賦《ふ》して、各《おのもおのも》その歌を奏せよ」とのりたまふ。

〈現代語訳〉

天平十八年の正月のこと。白雪がたいそう降って、地に積もること数寸にもなった日。左大臣橘諸兄は、大納言藤原豊成朝臣《だいなごんふじわらのとよなりあそみ》そのほかの諸王諸臣たちを率いて、元正太上天皇の御在所〔中宮の西院〕に参入して、雪かきの奉仕をしたのであった。ここに、太上天皇は詔を下されて、大臣参議および諸王については、正殿《せいでん》に昇殿を許し、諸卿大夫については南の細殿《ほそどの》に座を設けて、早速、酒を賜って酒宴が催されたのである。ここで、元正太上天皇が勅を下して、こう仰った。「汝《なんじ》ら諸王卿たちよ、まずはこの雪を題として、それぞれにその歌を奏上せよ」と。

（拙訳）

宰相の雪かき

ことのなりゆきは、この前文に明らかなのであるが、果たして、ほんとうに雪かきがなされたのであろうか。雪かきを名目として、高官たちが、元正太上天皇のもとに押しかけ、お酒をせがんで、宴会をしたということではなかったのか。やったとしても、かたちばかりであったと思われる。実際に、宰相とその閣僚たちが雪かきのために参内したとは、とうてい思えないのである。雪かきに集った閣僚たちに対して、詔すなわち天皇のご下命が出たのだから、まず最初に最高位者、時の宰相・橘諸兄が、答えねばならぬ。

宰相の開宴歌

左大臣 橘宿禰《たちばなのすくね》、詔に応《こた》ふる歌一首

降る雪の 白髪《しろかみ》までに
大君《おほきみ》に 仕へ奉《まつ》れば
貴《たふと》くもあるか

（巻十七の三九二二）

多少、言葉の解説をすると、以下のようになる。「降る雪の白髪までに」とあるが、時に橘諸兄六十三歳。もう白髪だったのであろう。「大君に仕へ奉れば」は、ここまで生きながらえてお仕え申し上げることができましたのも、と感謝の気持ちが表現されているのである。「貴くもあるか」の「か」は詠嘆の助詞。この一句は、「なんと、恐れおおい」「もったいない」などという謙遜の気持ちを表していると考えてよいだろう。一首は、高齢の元正太上天皇への感謝の念を前面に押し出している。訳文を示すとこうなる。

〈現代語訳〉

左大臣である橘宿禰が、詔に応えた歌一首

今日降る雪のごとくに　白髪となりますまでも

大君に　お仕え申し上げることができましたことは……

大君の恩寵の大なるがゆえ　まことに恐れおおいことでございまする――

（拙訳）

新年の雪を寿ぐ祝意を、主人の元正太上天皇への感謝の念に振り替えているところがミソ。歌は大きくかつ上品に仕上がっており、開宴歌にふさわしい歌だ。橘諸兄の詠んだ歌を、たぶん踏まえているのか、当日、紀朝臣清人《きのあそみきよひと》は次のように歌った。

雪の光は何を表すか

紀朝臣清人、詔に応ふる歌一首

天《あめ》の下《した》　すでに覆《おほ》ひて

降る雪の　光を見れば

貴くもあるか

（巻十七の三九二三）

「天の下」は、漢語「天下」の翻訳語である。単に、天の下ということではなく、皇帝、天皇の支配が及ぶ地をいう言葉。「すでに覆ひて降る雪の」の「すでに」は、「全て」「すっかり」という意味。天の下を覆う雪は、天皇の徳が満ち満ちていることを表している。その雪は、天皇の徳を表すので、光を放つのである。末尾句が三九二二番と同じなのは、橘諸兄の歌に唱和するかたちをとることで、橘諸兄の歌の気分に同調することを表しているのである。以上の点を踏まえて訳文を作ると、こうなる。

〈現代語訳〉

紀朝臣清人が、詔に応えた歌一首

天の下を　すっかりと覆い尽くして
降る雪の　光を見れば（太上天皇様の帝徳を思い起こし）
まことに恐れおおくも、また尊いことでございます

（拙訳）

諸兄が新年の降雪から、君の恩寵を歌ったのに対し、紀朝臣清人は、天を覆う雪とその光で、元正太上天皇の聖徳を讃えているといえよう。主客の宰相・諸兄の歌を踏まえて、自らの表現を考え、同調しつつ展開させる。それが、紀清人の採った戦略だった。

一方で、新年の新雪への祝意も、元正太上天皇を讃える言葉も、献上しなかった男がいた。紀男梶《きのおかじ》である。その真意やいかに？

景色を宴で歌う意味

紀朝臣男梶《きのあそみをかぢ》、詔に応ふる歌一首

山の峡《かひ》　そことも見えず
一昨日《をとつひ》も　昨日《きのふ》も今日《けふ》も
雪の降れれば

（巻十七の三九二四）

少し言葉の解説をしておこう。「山の峡」は、山と山の間で、谷間のこと。「そことも見えず」は、どこが谷間かわからなくなっているということ。一面の雪で谷間も埋もれ、山と谷の見分けもつかないということである。「一昨日も昨日も今日も」と、こう重ねていうのが表現の妙だ。聞き手や読者に、具体的に時間を振り返らせる効果がある。「雪の降れれば」の「れ」は助動詞「り」の已然形で、ここでは動作の反復、継続を表す。以上を踏まえて、訳を作ると、以下のようになる。

〈現代語訳〉

紀朝臣男梶が、詔に応えた歌一首

山の峡は　今はそこともわかりませぬ――
一昨日《おととい》も　昨日も今日も……
雪が降っておりますので

（拙訳）

間接的な表現で、なぜこの歌が宴の歌になるのか、いぶかる読者も多いことであろう。直截《ちょくせつ》な表現は、わかりやすいが、広がりや深みが欠けるきらいがある。間接的な表現はわかりにくいが、広がりや深みを暗示できる。宴席歌では、高らかにわかりやすく宴の主旨に沿った褒め言葉が求められるが、それればかりでは、飽きられる。男梶は、そう場の雰囲気を読んだのだろう。そこに、男梶の戦略があるのである。
景色を歌っているということだけでいえば、この歌を叙景歌とみなしてもよい。なぜならば、表面上に、元正太上天皇の徳を讃える言葉を見出すことはできないからだ。が、しかし。それは、男梶の採った高等戦術。新年の新雪が吉兆なら、天がその吉兆を世に示したのは、太上天皇様の徳があるゆえだと歌っているところが大切なのだろう。こう考えると、山の谷間にも雪が降り積もるということが大切となる。つまり、わけへだてないということだ。太上天皇の徳というものに、わけへだてがないということを歌えば、間接的に、太上天皇を讃えることになるというもの。なかなか、うまい。
男梶の採った暗示的表現とは対照的に、そのものズバリと、臣下に求められる歌を献上したのが、葛井連諸会《ふじいのむらじもろあい》であった。変化球あれば、直球ありだ。

新年の雪は吉兆！

葛井連諸会《ふぢゐのむらじもろあひ》、詔に応ふる歌一首

新《あら》たしき　年の初めに
豊《とよ》の稔《とし》　しるすとならし
雪の降れるは

（巻十七の三九二五）

「豊の稔」は、漢語「豊年《ほうねん》」の翻訳語で、ゆたかな年ということだろう。豊作、豊漁は当然だが、広くは政治的安定、天下泰平をいうと考えねばならない。「トシ」とは古く稲のことをいい、稲作の一周期（ワンサイクル）を「ヒトトシ」といった。そこから、春夏秋冬の一周を「トシ」というようになったのである。「しるすとならし」の「しるす」は、「しるし」になるわけだから、表すということになる。「ならし」は「なるらし」の約で、「なるらしい」と確信した言い方になっている。訳文を示すと、こうなる。

〈現代語訳〉

　葛井連諸会が、詔に応えた歌一首

新しい　年の初め——
その年の豊年の　吉兆をあらわすというらしい
かの新雪が　こんなにも降っているのは……

（拙訳）

新年の新雪を吉兆とするのは、中国詩文などに多々登場する言説で、それを踏まえていることは、間違いない。と同時に、吉兆が現れるのは、天子が徳のある政治をしている証とされていた。

さて、ここで余談を。日本に紹介された韓流ドラマの草分け的な存在となった『冬のソナタ』(NHK放送BS2、二〇〇三年四月〜九月)。その『冬ソナ』では、初雪の日に男女が愛の告白をする習慣があったことを前提に物語が進んでゆく。新雪が幸福をもたらすという知識が、中国を起源として広く東アジア世界に広がっているのである。私は、そう話すのだが、賛成者は、まだいない。

閑話休題。作者・葛井連諸会は、当時外従五位下の地位にある官僚。漢詩文集である『経国集』巻の二十には、和銅四年(七一一)の二つの対策文が収載されている。ここでいう対策文とは、官吏登用試験において課せられる政策提言の論文のことである。葛井連は渡来系の名門一族で、その漢文知識を歌で示したことになる。

こう考えると、前掲の万葉終焉歌「新しき年の初めの初春の今日降る雪のいやしけ吉事」(巻二十の四五一六)は、この歌を踏まえていることがわかる。時に、家持二十九歳。それが、四十二歳時の因幡での万葉終焉歌の詠《えい》に繋がるのである。では、この時、二十九歳だった家持は、いったいどう歌っているのか?

見れど飽かぬかも

大伴宿禰家持《おほとものすくねやかもち》、詔に応ふる歌一首

大宮《おほみや》の　内にも外《と》にも
光るまで　降らす白雪《しらゆき》
見れど飽かぬかも

（巻十七の三九二六）

「大宮の内にも外にも」は、天皇の居所たる平城京のこと。その大宮の門の内にも外にも、雪があまねく、区別なく降っているということである。「光るまで降らす白雪」という表現は、ここも雪の光で太上天皇の徳を表しているのである。「見れど飽かぬ」は、柿本人麻呂も吉野離宮讃歌（巻一の三六、三七）で使用した最大級の誉め言葉。「見ても見飽きない」とは、絶えず見るということであり、自らの心が見たいものに向きつづけていることをいう。だから、ここは常に思うということになる。ために、間接的に、太上天皇の徳を誉め讃えることに繋がるのである。以上を踏まえて、訳文を示すとこうなる。

〈現代語訳〉

大伴宿禰家持が、詔に応えた歌一首

われらが天皇　太上天皇様の大宮の　内にも外にも
光り輝くまで　お降りになった白雪――
かの白雪は見ても見ても　見飽きることなど……ありはしない

（拙訳）

左大臣橘諸兄の歌が通奏低音に

これらの歌五首が、正月のいつ行われた雪かきの宴で歌われたかは、わからない。しかし、やむを得ぬ事情によって朝賀が行われなかった正月に、雪かきだといって、今日でいえば閣僚にあたる高官たちが駆け付けたのは、橘諸兄の人となりによるところが大きかったと、私は考えている。一つは、元正太上天皇と親密な関係がなくては、雪かきを口実に参内し、酒宴を賜るということなどあり得まい。私にいわせると、じつに「お茶目」な行動である。そういう橘諸兄の趣向をおもしろいと感じ、少なくとも二十三人以上もの高官たちが集ったのであった。したがって、雪かきを口実にした酒宴が実現したのは、元正太上天皇と橘諸兄との親密な人間関係と、橘諸兄と高官たちとの親密な人間関係によると考えねばならないだろう。
だから、この宴の歌々は、諸兄の歌を通奏低音のようにして、五人が歌い継ぐかたちとなっているのである。

三九二二　雪といえば、わが白髪頭。これまでご奉仕できたのも大君様のおかげです（降る雪の白髪までに大君に仕へ奉れば貴くもあるか——橘諸兄）

三九二三　雪といえば、その光。まるで大君様の徳のよう（天の下すでに覆ひて降る雪の光を見れば貴くもあるか——紀清人）

三九二四　雪といえば、山にも谷にも降る雪。まるで大君様の徳のようにわけへだてがありませぬ（山の峡そことも見えず一昨日も昨日も今日も雪の降れれば——紀男梶）

三九二五　雪といえば、新年の新雪は吉兆。大君様の徳によって吉兆が現れました（新しき年の初めに豊の稔しるすとならし雪の降れるは——葛井諸会）

三九二六　雪といえば、その光。大宮の内にも外にもわけへだてない光。まるで大君様の徳のよう（大宮の内にも外にも光るまで降らす白雪見れど飽かぬかも——大伴家持）

共通するのは、やはり正月新雪の祝賀気分と、太上天皇の徳を誉め讃える気持ちであろう。それを、どう重ね合わせたら、宴の場を盛り上げることができるのか？　参会者全員が、苦心に苦心を重ねているのだ。

儒教文化圏では、政治というものは、帝王の徳によって行われるべきものとされた（中国、日本、朝鮮、ベトナム）。単純化して示すと、帝王から受けた恩に報いるために、臣下は忠義を尽くす。それが、帝王と臣下とを繋ぐ絆となるのである。こういった政治思想が浸透している国々では、まず帝王には、徳が求められることになる。一方、その帝王の徳に、感謝の念を表明し、帝王の徳を誉め讃えることが、臣下には求められたのである（報恩感謝と帝徳鑽仰《さんぎょう》）。このため、宮廷における宴席では、臣下は、帝王の徳を詩文で讃えなくてはならないのである。以上の五首には、そういう儒教文化圏における宮廷文芸の特色が、顕著に表れているとみてよいだろう。

大伴家持「歌日誌」の性格

この歌群には、「左注《さちゅう》」がついている。左注とは、歌の左側に付けられた注記のことである。この注記は、一見してこの宴に参会した者が書いているとわかるが、通説では大伴家持の手によるものと推定されている。じつは、『万葉集』の巻十七・十八・十九・二十は、大伴家持の「歌日誌」の巻と呼ばれており、その元となったものは、家持が残した

「日誌」「手記」「日記」のごときものと考えられているのである。近時、家持の「歌日誌」については、鉄野昌弘、山崎健司の詳細な研究が公にされ、今後の研究展開が期待されているところである〔鉄野　二〇〇七年〕〔山崎　二〇一〇年〕。

　左注を見ると、五首の歌の作者五人を除く宴の参会者（計十八名）の姓名が記され、当日の逸話を記す注記が付いている。

藤原豊成朝臣《ふぢはらのとよなりあそみ》
大伴牛養宿禰《おほとものうしかひすくね》
三原王《みはらのおほきみ》
船王《ふなのおほきみ》
小田王《をだのおほきみ》
穂積朝臣老《ほづみのあそみおゆ》
小野朝臣綱手《をののあそみつなて》
太朝臣徳太理《おほのあそみとこたり》
秦忌寸朝元《はだのいみきてうぐわん》

巨勢奈弖麻呂《こせのなてまろ》朝臣
藤原仲麻呂朝臣
智奴王《ちぬのおほきみ》
邑知王《おほちのおほきみ》
林王
小田朝臣諸人《しろひと》
高橋朝臣国足《くにたり》
高丘連河内《たかをかのむらじかふち》
楢原造東人《ならはらのみやつこあづまと》

右の件《くだり》の王卿等《わうきやうら》は、詔に応へて歌を作り、次《つぎて》に依りて奏す。登時《そのとき》記さずして、その歌漏り失せたり。ただし秦忌寸朝元は、左大臣橘卿謔《たはぶ》れて云《い》はく、「歌を賦《ふ》するに堪《あ》へずは、麝《じや》を以《もち》てこれを贖《あか》へ」といふ。これに因りて黙已《もだを》り。

〈現代語訳〉※姓名列挙の部分は省略

右に挙げた王卿たちも、太上天皇の詔に応えて歌を作り、次々にこれを奏上申し上げたのであった。しかし、その時すぐ記しておかなかったために、五人以外の人びとの歌は散逸してしまったのである。ただし、秦忌寸朝元《はたのいみきちようがん》については、左大臣橘卿がたわむれて、「もし、歌が作れなかったら、麝香《じやこう》をもって償いたまえ」と言った。すると秦朝元は黙ってしまったのであった。

（拙訳）

大伴家持の後悔

では、どうして家持は、こんなにも丁寧に参会者の姓名を記そうとしたのだろうか。家持は、五名五首については、記録を残すことができたのだが、他については、その時に筆記しなかったので、残すことができなかった、と記している。ここは、二つの可能性を示しておきたい。一つは、天平十八年正月の宴の席で記そうとしたが、何らかの理由で記すことができなかったという可能性。もう一つは、天平十八年当時は、さして参会者の歌すべてを記す必要などないと考えていたのだが、時が経つと、やはりすべてを残しておくべきであったと後悔した可能性。そのどちらか、ないしは両方であろう。しかし、どちらにせよ、後になって家持は書き漏らしたことを後悔したのであった。

ならば、なぜ家持は後悔したのか。後悔した理由は、次の二つに集約されると思われる。一つは、この雪の日の宴が、記憶に留められて思い出となった時に、より詳細な記録を残したいと思ったのではないか。友たちと過ごした雪の日の宴の時間が、ことのほか愛おしく、かけがえのないものに感じられるようになったのであろう。あの時、もっと写真を撮っておけば良かったなぁ、と後悔する、あれである。

記録の価値

もう一つの理由は、記録そのものの価値に気づいたからであろう。つまり、数年を経て、記録を残すことの重要性に気づいたのではないか。というのは、宮廷社会というものは、さまざまな儀式と、それに付随する宴会によって成り立つ社会であった。宮廷社会において求められるのは、先例を冒さないようにしながら、なにごとも無難にこなしてゆくことである。宮廷社会における権威の拠りどころは、長く伝統が守られているところにある。したがって、何かを変更するということは、その価値を貶めることになってしまうのだ。そういう社会では「しきたり」(＝型)を知っている者が、力を持つのである。いわゆる「お局様《つぼね》」の世界だ。したがって、宮廷社会では、古くからの「しきたり」を知らないと、生き残れないのである。この「しきたり」のことを、近世以降の公家社会では「有職《ゆうそく》故実《こじつ》」と呼んだ。ために、貴族たちは必死になって日誌をつけたし、子孫のために日記を残そうとした。

生き残る知恵

たとえば、宮廷社会では、服が身分や役割を表すので、そういう知識がないと、恥をかく。恥をかくだけならよいが、時には不敬を問われてしまう。失脚したり、死に追い込まれたりということも、あり得るのである。それは、官僚化した武家社会でも同じであった。たぶん、歌舞伎が好きな人なら、あの『仮名手本忠臣蔵』の高師直《こうのもろのお》(吉良上野介《きらこうずけのすけ》)の塩冶判官《えんやはんがん》(浅野内匠頭《あさのたくみのかみ》)へのいやがらせといじめを思い出したのではないか。私が、家持の子孫なら、家持の「日誌」を読んで、次の①から⑤を教訓として学び取ると思う。

① 正月新雪は、吉例につき、宴を賜る。ために急な参内となる可能性があるので、注意

しておくべし。

② 朝賀が取りやめとなったとしても、雪かきなどの名目で、参内がある場合もあるから、注意しておくべし。

③ 人数が多数の場合は、宴席といっても、会場が二会場に分かれることもあるから、注意しておくべし。

④ 天平十八年の場合は、大臣と参議以上は、中宮の西院に昇殿して、お酒を賜り、諸卿大夫は、西院の南にある細殿で、お酒がふるまわれた。このように位によって、場所が異なる先例もあるので、注意しておくべし。

⑤ 酒席においては、時として詔勅すなわち、天皇、太上天皇よりのご命令で、お題が出て、歌を詠む必要がある場合がある。天平十八年の雪の日の宴では、「雪」が題となった。五首については、記録があるので参考にすればよい。詔に応えるのであるから、雪の光によって、天皇の徳を讃える方法などを、日ごろより古歌や中国詩文を読んで学び、注意をしておくべし。

つまり、家持の記録には、こういった注意喚起がなされているのではないか。「日記」をつけるのは、宮廷社会を生き抜く知恵の源になるからだ。

「記憶」を「記録」に

では、歌を記録することができなかった参会者の姓名まで記しておくと、具体的にはどんな利点があるのだろうか。その利点とは、今、手元に歌がなくても、将来、本人に聞くか別の記録者から歌を手に入れることができる可能性があったからではないか。つまり、誰の歌が欠けているかわかるようにしたかったのであろう。記憶に頼っていては、参会者の姓名すら今後わからなくなる可能性もあるからだ。そこで、大殿に昇殿が許されたグループと、細殿でお酒を賜ったグループについて、みてみよう。塩谷香織、伊藤博の両氏の推定に基づいて、この記録の官位が天平二十年（七四八）三月二十三日から天平二十一年（七四九）四月十三日までの官位を反映するとすれば、こうなる〔塩谷　一九八〇年〕〔伊藤博　一九九八年〕。

従一位――左大臣橘諸兄
従二位――大納言藤原豊成、大納言巨勢奈弖麻呂
正三位――中納言大伴牛養、参議藤原仲麻呂
従三位――三原王、智奴王

従四位上――船王
従四位下――邑知王
従五位上――小田王
従五位下――林王
　以上十一名は大殿グループ（大臣、参議、諸王）

従四位下――紀清人
正五位上――穂積老
従五位下――紀男梶、大伴家持、小田諸人、小野綱手、高橋国足、太徳太理、高丘河内
外従五位上――秦朝元
従五位下――楢原東人
外従五位下――葛井諸会
　以上十二名は細殿グループ（諸卿、大夫）

おそらく、家持は、雪の宴の日から三年目に、三年前の記録と記憶をたどって座席を復元しようとしたのである。それは、席次というものが、宮廷社会においては、何よりも大

切だったからである。

歌を作ることができなければ、罰金もあり

さて、このなかに、「もし、歌を作ることができないというのなら、その償いとして、麝香《じゃこう》を差し出せ」と諸兄から言われた男がいた。秦朝元である。麝香は、チベットや中国西部に生息する麝香鹿の香嚢から採った香料で、きわめて高価なものであった。強心剤・鎮静剤にも用いられる貴重な薬物で、正倉院の『奉　盧《る》舎那《しゃな》仏《ぶつ》種々薬《しゅじゅやく》』すなわち『種々薬《しゅじゅやく》帳《ちょう》』に見える六十種のなかでも、その筆頭に挙げられている薬物である。朝元は、日本人の父と唐人の母との間に生まれた人物で、唐生まれ。天平五年（七三三）にも、入唐判官として渡唐している。しかも、医者であった。したがって、諸兄は、そういう軽口をたたいたのである。

よく、和歌が不得手であったとか、はたまた日本語そのものに堪能でなかったといわれるが、果たしてそうだろうか。よく読むと、和歌ができなかったらと諸兄は言っているのだから、歌ができなかったと判断するのは早計であろう。私は、秦朝元を弁護したい。もちろん、その軽口の背景には、唐生まれであるということが影響しているのは間違いない。しかし、奏上すべき歌ができなかったとは記されていないのだ。朝元は、沈黙したというが、苦笑したのか、憤慨したのか、不明だ。けれど、想像すると楽しい。ちなみに、ある万葉学の泰斗は、歌ができなかった朝元の心中を察して、諸兄が声をかけて、救ったとしている〔伊藤博　一九九八年〕。なるほど、親分の気遣いである。しかし、果たして、どうか……私などには、予想もつかない。

ただ、この軽口から推定できることもある。つまり、酒席で歌が詠めない場合、罰金を取るということもあったということである。ただし、あくまでも、それは座興としてであろう。けれども、その罰金が麝香なら、今日のダイヤモンドのような価値があるわけだから、やはり、ここは軽口とみなくてはならない。

こういったエピソードを、家持が書き留めているのは、楽しい思い出であり、なおかつ当日の雰囲気をよく伝える逸話だからであろう。「左大臣様、大いに酔う」といったところか。したがって、このエピソードは、諸兄の人となりを語るものとして、諸兄の言動にこそ力点をおいて読むべきものなのである。「人なつっこく」「お茶目」で、軽口をたたく人、それが家持の記す橘諸兄である。

最後に、この天平十八年の雪かきの宴の雰囲気のようなものをイメージとして示すために、三文小説風に綴っておこう。

諸兄　本日は、太上天皇様のお住まいの雪かきにやって参りました。皆、勢ぞろいでございまする。

太上天皇　大義である。よくぞ、来てくれた。でも、ほんとうに、雪かきをしてくれるのか。目的は、お酒ではないのか。

諸兄　めっそうもございませぬ。雪かきも、させていただきます。

太上天皇　ほらほら、いわぬ先からホンネが出た。「雪かきも」ということは、やはり、お酒であったか。わかっているぞ。ちゃんと用意してある——。お酒の用意を！

諸兄　お見通しで、面目ない。

太上天皇　もとより、雪かきはあてにしておらぬ。かたちばかりでよいぞ。けれど、ただでお酒を出すわけにもゆかぬ。雪の歌を、皆に一首ずつ詠んでもらおうか。異存あるまいな。

諸兄　さすが、太上天皇様、話が早うございます。詔が出たぞ。詔が出たぞ。皆の衆、歌を作って、献上するのだ！　さぁ！

というところか。以上が、私が夢想する天平十八年（七四六）正月の雪の日の風景だ。

おそまつの一席でした。

ここで、金言を――。よく前例にとらわれるなと言いますが、前例を知らないというのも困りものです。前例があり、恒例化しているとすれば、それにはそれなりの理由があるはずです。前例をよく研究し、それが前例となった理由をよく知っている人こそ、真の改革者になれるのです。改良のための改革はよいとして、改革のための改革には、益がありません。

第六章　正月歌の型とその工夫

本章では、天平勝宝二年および六年の正月の歌について、考えてみたいと思います。正月には、正月の定まった儀式があり、その儀式のあとで、定まった型の歌が歌われるのを恒例としたようなのです。

越中での正月の宴

天平勝宝二年（七五〇）の正月。この年、大伴家持は、三十三歳になっていた。家持は、国司として、越中（現在の富山県にあたる）に赴任していたのである。越中での地方勤務は、足掛け五年目を迎えていた。この正月の二日。彼は、越中の各地を治める郡司たちと伴に、宴の席にいた。では、家持は、主催者側であったのか、客人側であったのか、そのどちら側であったのか？　それは、主催者側であった。前述したように、国司は賀詞の献上を受ける側であり、天皇の代理として賀詞の献上を受ける立場となるからである。これも前述したように、郡司の協力なくして、国司の地方勤務は成り立たない。郡司は、大領・少領・主政・主帳の四等の官のある郡の役人であったが、基本的には、その地の土豪が世襲的に任命されていたから……家持も、その接待には、ずいぶん気を使っていたことであろう。

天平勝宝二年正月二日に、国庁に饗《あへ》を諸《もろもろ》の郡司等に給ふ宴の歌一首

あしひきの　山の木末《こぬれ》の
ほよ取りて　かざしつらくは

千年寿《ちとせほ》くとそ

右の一首、守大伴宿禰家持が作

（巻十八の四一三六）

という歌を残している。少し言葉の説明をしておこう。「あしひき」は、山にかかる枕詞。「木末」は、木の枝先のこと。「ほよ取りて」の「ほよ」は、現在の宿り木と考えてよい。榎《えのき》・欅《けやき》・桜などの高木でかつ落葉する木に、寄生する木で、蔓状に巻きついて伸びてゆく木である。よく森のなかで、木に巻きついている細い木を見かけることがあるが、「その、あれ」と考えてもらってかまわない。「かざしつらくは」の「かざす」は、花や木を髪に挿すことである。「かざし」については髪に挿す飾りのことだと前述したが（六八頁）、梅・桜・柳・萩・黄葉などが、「かざし」にされることが多い。「千年寿くとそ」の「千年寿く」とは、千年の寿《とし》をことほぐということで、これから千年間の命をここであらかじめ祝福しておきましょう、ということである。以上を踏まえて、訳文を作ってみよう。

〈現代語訳〉

天平勝宝二年正月二日に、国庁において酒食を諸々の郡司らに饗応した宴の歌一首

あしひきの山ではないけれど　その木末に
いくえにも巻きつく「ほよ」――「ほよ」を山から取ってきてかざしにしておりますのは……
ご参会の皆々様方の　ご健勝をご祈念申し上げてのことでございまする！

（拙訳）

右の一首は、守大伴宿禰家持の作である。

元日の宴をなぜ二日にしたのか

大木に巻きついて、離れない「ほよ」に、生命力を感じて、それを頭にかざすことで、千年の寿を得ようというわけである。

さて、では誰のために、千年の寿をことほいだのであろうか。一つは、都にいる天皇・皇族方を念頭におかねばなるまい。しかし、一方でこの宴の客は、郡司たちであるのだから、郡司たちをはじめとするご参集の皆様方ということにもなろう。そのために、わざわざ山から「ほよ」を取ってきたのである。

この日の宴の趣向は、「ほよ」を頭にかざして、天皇の大御代と参会者の健勝を祝そうという趣向であった。さて、前に述べたように、都では天皇に対して「朝賀」が行われたのに対し、各地方の国庁では、都に向かって「朝拝」が行われた。その日は、「朝賀」にあわせて、元旦とされていたはずである（七四頁）。では、題詞に、「正月二日」とあるのは、どうしてなのだろうか。多くの研究者は、何らかの差し障りがあったと考えているようだ。私も、都合で二日に行ったと考えている。私は、題詞に「郡司等」としている点に注目したい。国庁の官人たちの「朝拝」の日と、郡司らを招いての「朝拝」の日を、分けた可能性もあるのではないか。

というのは、正月二日にした方が、郡司たちにとっても都合がよかったと考えられるからである。越中といっても、広い。国庁に集って来るのは、容易なことではない（推定地、富山県高岡市伏木古国府《ふしきふるこくふ》・勝興寺《しょうこうじ》）。郡司たちが居住している地方でも、また郡司たちの家々においても、それぞれの正月行事はあったはずで、郡司たちの「朝拝」とその宴を二日にすることで、郡司たちの便に益したと推察されるのである。元旦の「朝拝」では、大晦日に国府に泊らねばならない郡司も多かったはずで、そんな理由があって、二日の日に行っていたのではなかろうか。

越中の各地からやって来た郡司たちに、「今日は、ほよをかざしにして、新年を祝いましょう」と声をかける家持の姿が、目に見えるようだ。

さて、顧みて、現在のわれわれはどうか。これだけ、虚礼廃止、経費の節減がやかましく叫ばれても、「門松」を立てる家や会社もまだ多い。常緑の松と、すくすく伸びる竹。植物の力で、新年をことほいでいるのである。

同僚の宅での新年会

この天平勝宝二年（七五〇）の正月五日の日には、同僚であった久米広縄《くめのひろつな》の館すなわち宅で、新年会があった。

判官《じよう》久米朝臣《あそみ》広縄が館に宴する歌一首
正月《むつき》立つ　春の初めに
かくしつつ　相《あひ》し笑《ゑ》みてば
時じけめやも
同じ月五日に、守大伴宿禰家持作る。
（巻十八の四一三七）

「正月立つ」は、正月が、新たにやって来ること。月や季節が立つと表現するのは、暦の知識があるからである。「かくしつつ」は、このようにしながらで、宴の場にいて、このように笑み楽しい時間を過ごしながらの意味となる。この部分の「かく」は、いわゆる「現場指示」の指示語である。「現場指示」とは、「文脈指示」に対応する文法用語で、談話の場の特定の内容を指示することである。対する「文脈指示」は、話題のなかの特定の内容を指示することである。

「相し笑みてば」の「ば」は、仮定。だから、互いに笑みを交わし続けるのであるならということになる。「時じけめやも」の「時じけ」は、形容詞「時じ」の未然形。ここでは、その時にふさわしくないということを表している。これを、「めやも」と結んで反語にしているので、時宜を得ないなどということがあろうか、いやまさに時宜を得たことではないか、の意となる。訳すと、

〈現代語訳〉

判官久米朝臣広縄の宅で宴した時の歌一首

正月がやって来て　かくもめでたき春の初めにだなぁ
このように楽しみながら互いに笑みを交わしているのなら……
時宜を得ないなどということがあろうか　あるはずもない。
なんともおめでたいことではないか！

同じ月五日に、守大伴宿禰家持が作った歌

となる。やはり、同僚や家族と飲む酒が一番。お正月なんだから、楽しまなくてはねえ、という心持ちを表現しているのである。やはり、宴は、談笑が一番だ。気疲れしなくてすむ。

（拙訳）

氏族の人びととの新年会

天平勝宝六年（七五四）、この年、家持は、三十七歳となった。『万葉集』の巻の二十には、その正月の宴の歌が収められている。少納言となっていた家持のもとに、氏の人びとがやって来たのは、家持が、氏を代表する「氏上《うじのかみ》」ないし、それに準ずる地位にあったからである。後世なら、氏の長者ともいうべき地位である。

六年正月四日に、氏族の人等、少納言大伴宿禰家持が宅《いへ》に賀《ほ》き集ひて宴飲する歌

三首

霜の上《うへ》に　霰《あられ》たばしり

いや増しに　我《あれ》は参《ま》ゐ来む
年の緒《を》長く〔古今未詳なり〕
右の一首、左兵衛督《さひやうゑのかみ》大伴宿禰千室《ちむろ》

（巻二十の四二九八）

題詞に「賀き集ひて」とあるのは、これが正月の賀宴であることを、端的に表している。「霰たばしり」は、霰が飛び散るようにという意味である。その霰の降る様子を、「いや増し」を起こす序として使っているのである。

「我は参ゐ来む」は、私は「家持様のお宅に参上しますよ」という意味だが、それが「霰がたばしる」ようにということである。すると、「霰たばしり」がどのような状態を比喩しているのか、ということを考えねばなるまい。それは、たくさん、何度も何度もということである。あっという間に地面一面に散らばる霰から、そうイメージされたのであろう。それに、霰が降ると音もするから、景気がよい。

「年の緒長く」の「緒」は紐のこと。だから、長く続いて切れない年ということになる。これから、ずっとずっと長くという意味である。つまり、家持様、これからずっとずっと、何度も何度も参上いたしますよ、という意味である。あるいは、当日、霜が降りた上に、霞が降ったのかもしれない。それにひっかけているのだろう。訳文を作るとこうなる。

〈現代語訳〉

六年正月四日に、氏族の人らが、少納言である大伴宿禰家持の宅に年始をことほぐために集って宴会をした時の歌三首である。

霜が降りた大地の上に霞が飛び散るように……
益々もってわたくしどもは　幾度も幾度も家持様のお宅に参上いたしますよ
幾年月も末長く末長く〔歌が古歌なのか、新しく作られた歌なのかは不明〕
右の一首は、左兵衛督である大伴宿禰千室の作である。

（拙訳）

「古今未詳なり」とあるのは、これが、古くから伝わった歌なのか、千室がこの時に作った歌なのか、よくわからないということである。つまり、伝承歌であった可能性も高く、伝承歌を踏まえた創作という可能性もあって、『万葉集』の編纂者も、にわかに判断できなかったのである。あなたのお宅に通ってまいりますとは、忠誠を誓うということで、主人の側から見れば、慶賀すべきことなのである。こう千室は、主人の家持を讃えたのであった。そして、大伴村上《むらかみ》は、次のように歌ったのであった。

年月《としつき》は　新た新たに
相見《あひ》れど　我《あ》が思《も》ふ君は
飽き足《だ》らぬかも〔古今未詳なり〕
右の一首、民部少丞《みんぶのせうじよう》大伴宿禰村上
（巻二十の四二九九）

「年月は新た新たに相見れど」の「は」は、「というものは」くらいの意味。「相見る」は、互いに見るで、対面すること、会うことをいう。「我が思ふ君は」は、私が慕うあなたという意味だから、主人の家持を指す。訳してみると、

〈現代語訳〉
年月と言いますものは新た新たに
やって来て出逢いますけれど……私がお慕い申し上げるあなたさまは

見ても見ても　見飽きることなどありませぬ〔歌が古歌なのか、新しく作られた歌なのかは不明〕

右の一首は、民部少丞の大伴宿禰村上が作った歌である。

（拙訳）

となろうか。年が改まっても、私が心変わりすることはありません。ずっとお慕い申し上げ、忠義を尽くしますということである。氏の内でも、いろいろな立場を取る人がいたろうから、こういう言い方をして、忠誠を誓うのであろう。こちらも「古今未詳」であり、同類の歌も多く、似た歌も伝承されていたのだろう。次に、大伴池主《いけぬし》の歌が収められている。

主人あっての客

霞立つ　春の初めを
今日《けふ》のごと　見むと思へば
楽しとそ思《も》ふ

右の一首、左京少進《さきやうのせうしん》大伴宿禰池主

（巻二十の四三〇〇）

「霞立つ」は春にかかる枕詞。「春の初めを」の「を」は難しいが、第四句の「見む」にかかるとみたい。「今日のごと見むと思へば」は、今日はお正月なので、今日のように見ようと思うと、ということになる。「楽しとそ思ふ」とあるが、『万葉集』において「たのし」といえば、もっぱら宴席の歓楽についていう言葉であった〔佐竹 二〇〇〇年、初出一九七七年〕。そこで、訳を作ると、

〈現代語訳〉

霞の立つ　春の初めを……でございますね
今日のように　来年もまた翌年も見られると思いますれば
まったくもって楽しいものでございまするなぁ

（拙訳）

右の一首は、左京少進である大伴宿禰池主が作った歌である。

となろうか。ちょっと、遊んでみる。

千室　ずっとずっと、お宅に参りますよ。家持様！
村上　年月が改まっても、あなたに飽きて……捨ておくなんていうことはありません。家持様！
池主　新春の宴は楽しいもんです。そりゃ、ずっと続けましょう。家持様！

　主人あっての宴であり、客は主人を誉めなくてはならない。そして、己も健康でなければ、宴を楽しむことはできない。大伴氏の人びとは、氏上の家持に、そう歌ったのである。

正月七日の東院での宴、白馬節会

　家持は、この年（七五四）の正月四日に、氏の人びとの新年会で、賀詞を献じられた後、七日に、平城宮の東院で行われた宴に出席した。七日の宮中での宴には、孝謙天皇、聖武太上天皇、光明皇太后が臨席していた。この日は、正月七日で、「白馬節会《あをうまのせちゑ》」と呼ばれる行事があり、その後に直会の宴が催されたのである。

「白馬節会」とは、毎年正月七日に天皇が庭に引き出された馬を見る行事であった。そうして、群臣に宴を賜うのであり、養老令の雑令によれば、「凡正月一日・正月十六日・三月三日・五月五日・七月七日・十一月大嘗日」と伴に、正月七日が節日に数えられている。そして、儀式の後、五位以上の人びとは宴の席を賜ったのである。いわゆる「賜宴《しえん》」である。

『日本書紀』の記事を検討すると、七世紀後半には、すでに宮廷行事になっていたと考えられる。中国においては、古くから、馬は陽の気を持つ獣とされており、その色は、陰陽五行思想で春を象徴する青とされていた。したがって、年の初めに青馬を見ると、邪気が払われるとされていたのである。ただし、実際には青みを帯びた灰色の馬であったと考えられるが、やがて白馬となり、延喜天暦のころよりは、「白馬節会」と表記されるようになったようだ。しかし、「白馬節会」と書くようになっても、「あをうまのせちゑ」と訓んでいたのである。

家持は、天平宝字二年（七五八）正月七日の白馬節会のために、「水鳥《みづとり》の　鴨の羽色《はいろ》の　青馬《あをうま》を　今日《けふ》見る人は　限りなしといふ（水鳥の鴨の羽根の色をしている青馬を、今日見る人の命は無限だという）」（巻二十の四四九四）という歌を用意していたが、結局、この時は宴席で歌を披露する機会は与えられなかった。

さて、では天平勝宝六年（七五四）正月七日の白馬節会の宴は、どのようなものであったのだろうか。その白馬節会の宴について、『続日本紀』は次のように記している。

癸卯、天皇《すめらみこと》、東院《とうゐん》に御《おは》しまして、五位已上を宴《うたげ》したまふ。勅《みことのり》有りて、正五位下多治《たぢ》比《ひ》真人家主《やかぬし》、従五位下大伴《おほとも》宿禰麻呂《まろ》の二人を御前《おほまへ》に召《め》して、特《こと》に四位の当色《たうじき》を賜《たま》ひ、四位の列《つら》に在《あ》らしむ。即《すなは》ち従四位下を授《さづ》く。

（『続日本紀』巻第十九、孝謙天皇、天平勝宝六年（七五四）正月七日条、青木和夫他校注『続日本紀　三（新日本古典文学大系）』岩波書店、一九九二年）

〈現代語訳〉

癸卯（正月七日のこと）、孝謙天皇は東院に出御され、五位以上の官人たちと宴会をなさった。この宴の折、勅が下され、正五位下の多治比真人家主、従五位下の大伴宿禰麻呂の両名を御前に召して、特別のはからいをもって四位に相当する官人に着用が許される礼服（この場合、深緋《こいひ》の衣）を賜って、ただちに四位の列に加えた。そうして、従四位下を（両名に）授けたのである。

（拙訳）

天皇は、多治比真人家主、大伴宿禰麻呂の両名を直々に呼び出し、御前に招いて、四位の者に許される色の礼服を与え、その場で、四位の列に加えて、叙位を行ったという。特進を許された両名にとっては、一生の誉となったはずである。

この白馬節会で、播磨国の国司であった安宿王《あすかべのおほきみ》が歌った歌が記録され、『万葉集』に収載されている。おそらく、その出席者のひとりに、大伴家持もおり、彼の「日誌」を通じて『万葉集』に、次の歌が伝来したのである。

七日に、天皇《てんわう》・太上天皇《だいじやう》・皇太后《わうたいごう》、東の常《つね》の宮《みや》の南大殿に在《いま》して肆宴《しえん》したまふ歌一首

印南野《いなみの》の　赤ら柏《がしは》は
時はあれど　君を我《あ》が思《も》ふ
時はさねなし

右の一首、播磨国守《はりまのくにのかみ》安宿王《あすかべのおほきみ》奏す。〔古今未詳なり。〕

（巻二十の四三〇一）

柏の葉椀

例によって、言葉の解説をしておこう。「印南野の赤ら柏は」の「印南野」は、兵庫県

加古郡および加古川・明石両市にまたがる地域。播磨国の国府は姫路にあったから、国守であった安宿王は、奈良の都への往来の途中には、印南野を通ったはずである。「赤ら柏」は、食物を盛りつけるために用いる干した柏の葉。乾燥して赤褐色になっているので、「赤ら柏」というのである。柏の葉は大きく、食器として使用されることも多かったのである。葉を器として利用したものを「葉椀《くぼて》」という。平安時代の令の施行細則を記した『延喜式』巻四十の造酒司の条に、「播磨の檞（＝柏のこと）一俵と三把」（原漢文）とあり、わざわざ国名を冠しているところを見ると、播磨国から献上された柏が、ことに珍重されていたようである。つまり、安宿王の任地、播磨国の名物だったのだ。ちなみに、今日、われわれが食べている柏餅も、その葉を利用して、風味づけをしているわけで、葉が大きいことや、芳香のために、古代においては、器として利用されていたのである。

私が大君を慕う気持ちは……

「時はあれど」は、それを採取し利用する時期というものは、あるのだけれどもの意味。おそらく、一番大きくなって、葉脈がしっかりとしている初夏から盛夏に採集して干すはずである。なお、使用時期という点では、夏期においては、蓮の葉を葉椀に用いることもあった（一三九頁）。『延喜式』巻三十五の大炊寮の宴会雑給の条に器に関する規定があり、その注記に、「五月五日には青柏。七月二十五日には荷葉（＝蓮の葉）。余節（＝他の季節）には干柏をつかふ」（原漢文）とあって、季節によって使う葉が違うと書いてある。したがって、柏の葉についていえば、青葉で使用するか、干して使用するかの採取時期の違いもあり、また青葉で使用する場合でも、蓮の葉にとって代わられる時期もあったということになる。つまり、採取時期のみならず、使用時期も決まっていたのである。そして、何よりも、秋には柏の葉は、落葉してしまうのである。だから、柏の葉は時を選ぶというのであろう。

「君を我が思ふ時はさねなし」の「君」は、孝謙天皇を指す。「時はさねなし」は、時についてはは区別がない、すなわち変わることがないということである。「さね」は、「決して」「まったくもって」の意味。打ち消しと呼応する、いわゆる陳述の副詞。以上を踏まえて、訳文を示してみよう。

〈現代語訳〉

七日の日に、天皇と太上天皇と皇太后が、東の常宮の南大殿にいらっしゃって宴をされた歌一首

印南野の　赤ら柏というものには

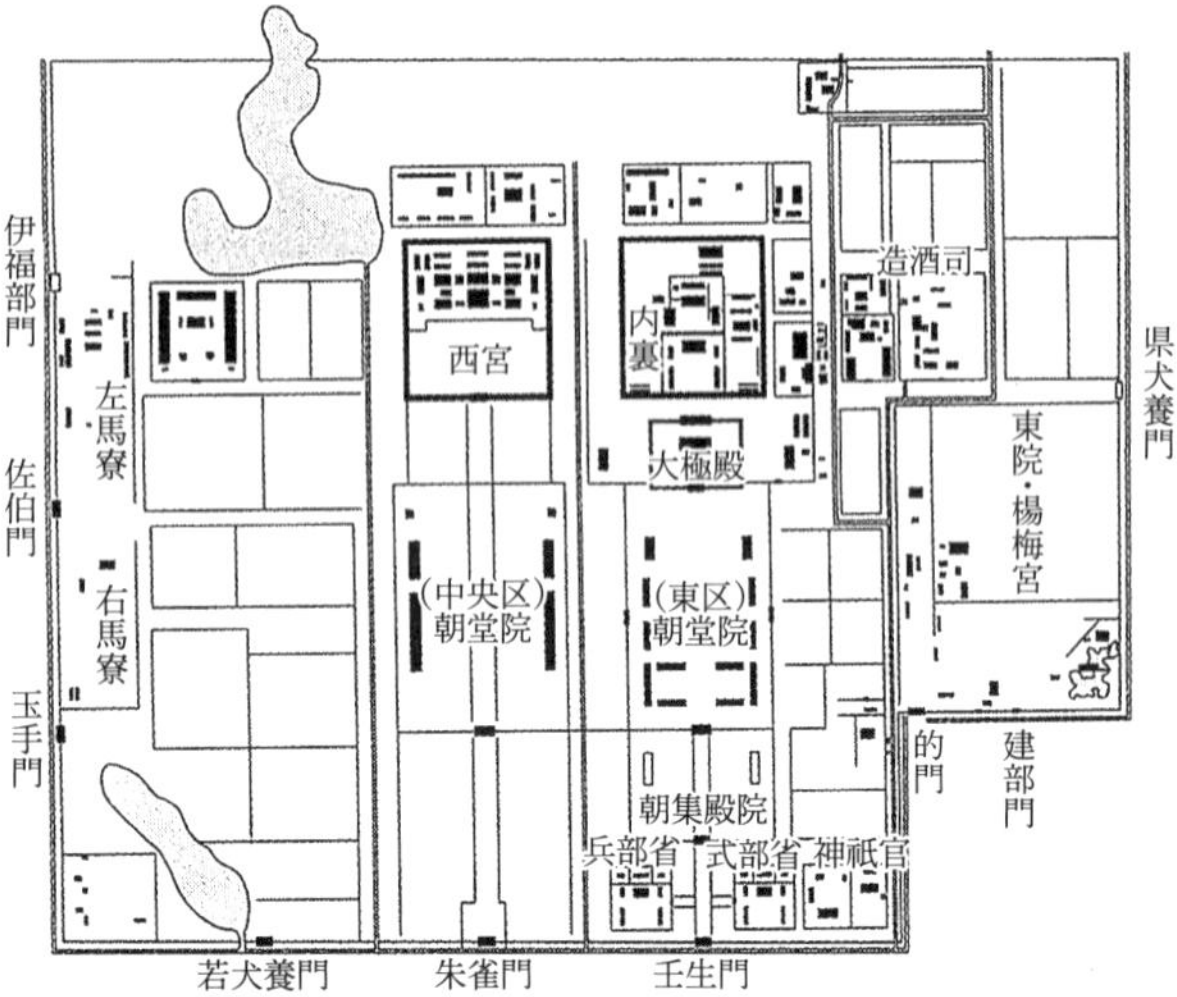

奈良時代後半の平城京
〔奈良文化財研究所『図説　平城京事典』柊風舎（2010年）をもとに作成〕

それを採る時期　使う時期　いろいろ
ありますけれど　わたくしめが大君様
をお慕い申し上げる気持ちには……
時の別などございましょうや（いつも
いつも　慕っておるのでございます）

（拙訳）

右の一首は、播磨国の守である安宿王が奏上した歌である。〔歌が古歌なのか、新しく作られた歌なのかは不明〕

「東の常の宮」と「東院」と

ここで、「東の常の宮」について、説明しておこう。常の宮なので、天皇が日常を過ごす場所と考えてよい。『続日本紀』天平勝宝六年正月七日の宴の記事を見ると、「東院」と出てくる。平城京の東には、張り出しになっている部分があり、その南半分を東にある院（独立した建物）として「東院」と呼んだ可能性が、指摘されている。とすれば、「東院」は「東宮」とも呼ばれ得るはずである。東院には、宝亀年間（七七〇―七八〇）に、楊梅宮《ようばいきゅう》という宮が造営されている。この楊梅宮の安殿《やすみどの》では、宝亀六年（七七五）正月の白馬節会も行われているのである。今日、発掘されて復元された庭園の地で、かつて白馬節会が行われ、その宴が行われた可能性も高いのである。

平城宮の苑池（復元整備された東院庭園）

つまり、安宿王は、東院で行われた白馬節会の宴の席で、己の任地の産物にことよせて、孝謙天皇様をお慕い申し上げることは、不変でございます、という歌を献上したということになろうか。私は、秘かに思うのだが、青馬を見る節会で「青」。四位の礼服は「深緋」だから「赤」となる。したがって、安宿王は、色彩で攻めたのではなかろうか。

もう一つの可能性としては、この時の食器に、実際に「赤ら柏」が用いられていたのかもしれない。どちらにせよ、当日の宴の参会者には、「なるほど」と思わせる何かが、この歌にはあったのだろう。記録されて、『万葉集』に収載されているということは。

お正月はたいへんだ

このように見てゆくと、正月の歌をうまく作るコツがあるようだ。ようは、正月の賀の気分を、どう捉えて、主人や天皇を慕う思いと結びつけるかである。その場合、思いを託すものが必要なのである。これまで読んできた歌を、整理してみよう。

雪……三九二二（九〇頁）、三九二三（九一頁）、三九二四（九三頁）、三九二五（九五頁）、三九二六（九八頁）、四五一六（八一頁）
ほよ……四一三六（一一四頁）
笑み……四一三七（一一八頁）
霰……四二九八（一二〇頁）
年月……四二九九（一二三頁）
赤ら柏……四三〇一（一二九頁）

宴の歌は、いわゆる定番ができやすく、形式化しやすい。というのは、儀式と宴が毎年繰り返されるからだ。だとすれば、そこに、どうその時々の新味を加えるか、ということが重要になってくるはずだ。第四章から第六章では、家持をめぐる正月歌について見てきたわけだが、あれこれと作戦を練りつつ、正月の宴に出席していたのであろう宴会出席者たちのことを、私は思い起こしながら原稿を書いていた。そのひとりに、家持がいたのであり、家持が残した「日誌」を手がかりに、その工夫のあれこれを、われわれは知ることができるのである。

正月は、たいへんだ。歌人たちにとっては……。

第七章　宴会芸の世界

本章では、一転。型破りの宴会の話をしようと思います。どんな型破りか、具体的にお話ししましょう。

型と型破り

これまで、忍耐強く本書を読み進めてきた読者におかれては、宴席の歌といっても、それは宴の主旨に沿って、主人や主君、氏上などを讃える歌であり、一つの型がある、と実感してもらえたのではないか、と思う。型があるということこそ、宴そのものが文化であることを表しているといえよう。宴に型があり、宴の歌にも類型性が認められることを示したつもりである。

そこで、本章では、そういう型を破る遊びの歌を取り上げてみたいと思う。酒宴も、たけなわとなれば、座くずれもし、座興でさまざまな芸が披露されてゆくことになる。「始め歌」と「終り歌」という儀式的な歌に対して、「座興歌謡」なる名称で分類される歌々である〔真鍋　二〇〇三年〕（三八頁）。宴の歌というものは、型を守るところから入り、型を破って、型に戻るものなのである。『万葉集』の巻十六は、そういう座興の歌の宝庫である。その点では、異彩を放つ巻といえるかもしれない。そのなかに、こんな歌がある。

ひさかたの　雨も降らぬか
蓮葉《はちすば》に　溜《た》まれる水の

玉に似たる見む

右の歌一首、伝へて云《い》はく、右兵衛《うひやうゑ》なるものあり〔姓名未詳なり〕、歌作の芸《わざ》に多能なり。ここに府家《ふけ》に酒食《しゆし》を備へ設《まう》けて、府の官人等に饗宴《きやうえん》す。ここに饌食《ざんし》は盛《も》るに、皆蓮葉《はちすば》を用《も》ちてす。諸人《もろひと》酒酣《たけなは》にして、歌儛駱駅《かぶらくえき》す。乃《すなは》ち兵衛に誘《すす》めて云はく、「その蓮葉に関《か》けて歌を作れ」といへれば、登時《すなはち》声に応《こた》へてこの歌を作る、といふ。

（巻十六の三八三七）

例によって、言葉の解説をしておこう。「雨も降らぬか」は、希求の表現となっているから、この宴の当時、渇水で雨が待ち望まれていたことが予想される。「玉に似たる見む」は、原文に揺れがあり、訓みが難しい。仮に「玉に似たる見む」と読むと、玉に似ている水を見ようということになる。右兵衛府は、宮殿を警備し、行幸にお伴をする役所（府）の一つで、公安・警備を担当する衛府の一つである。「府家」は、役所の建物を指すが、ここでは右兵衛府の役所を指すと考えて差し支えない。「蓮葉《はちすば》」は、蓮の葉っぱで、この宴では、蓮の葉が器として使用されていた。古代の宴会においては、乾燥した柏の葉を皿代わりに用いたことは、すでに述べた。「葉椀《くぼて》」である（一三〇頁）。「葉椀」のなかには、蓮の葉を用いたものもあったのである。以上の解説を踏まえて、訳すとこうなる。

〈現代語訳〉

ひさかたのアメではないが　雨でも降っておくれよ
蓮の葉に　溜まったお水は
まるで玉のよう　さぁ見ようか（そのお宝の玉を）

右の歌一首について伝えていうことには、「右兵衛」という名前の者がいた（ただし、その姓名は不明である）。歌を作る芸にすこぶる堪能であった。ある時、右兵衛府の役所で酒食を設けて、右兵衛府の官人たちが宴会を行った。この時食物を盛りつける器には、すべて蓮の葉が用いられていた。一同、酒宴もたけなわとなって、馬が駅を次々と巡ってゆくように、歌や舞が次々と披露されていった。すなわち、そこでのこと、その某兵衛に勧めて、「蓮の葉に引っかけて歌を作ってみよ」とある人がお題を出した。即座に某兵衛は、その注文に答えて、この歌を作ったということである。

（拙訳）

ミスター右兵衛

ここで、注目したいことが二つある。まず、一つ目。「右兵衛」という役所で、その官人が公費で宴を行うのであれば、今日でいうなら官官接待にあたろうが、古代においては、「節会」の酒食は、官より支給されるものであった。その宴席に、その役所の名で呼ばれる人物がいたということに注目したい。つまり、右兵衛に勤める「右兵衛」である。この言い方は、「ミスター財務省」や「ミスター警察庁」というように、その役所を代表する人物につけられる愛称《ニックネーム》である。当然、有能ないし有力な人物につけられることが多い。ところが、一方では、お調子者やムードメーカーなど、目立つ人物につけられる場合もある。この場合、「歌作の芸」が多能であったことで、その名がつけられたようだ。つまり、宴でこの男が披露する歌が、うまかったり、楽しかったり、頓知が利いていたりして、高い評価があったのだ。こうして、つけられた名が「右兵衛」であるから、彼なくしては、宴会がはじまらないというような人物だったのではなかろうか。さらに、もう一つ、注意しておきたいことがある。

歌儛駱駅の遊び

宴が始まり、酒がたけなわになると、「歌儛駱駅」を行ったと記されていることである。「歌儛駱駅」とは、次々に参会者が「歌儛」を繰り出すことをいうが、その原義は、読んで字のごとく、官人たちの公務旅行のために設けられた駅、すなわち具体的にいえば公的馬舎兼宿舎を次々に回ってゆくことを表す。つまり、その意味するところは、官人が馬を乗り継いで駅から駅へと次々と移動をしてゆくように、参会者が次々とその芸を披露してゆくことをいうことになる。一つのイメージとしては、車座となり、右まわり、左まわりのどちらかで、ひとりひとり芸を披露してゆく状況を思い浮かべればよい。

「歌儛駱駅」とは、まさにこうした宴たけなわの状態なのである。その宴たけなわの時に、参会者のひとりが、器となっている蓮の葉にかけて、歌を作れとのリクエストを出したのである。すると間髪を入れず歌が披露されたのであった。じつは、躊躇することなく即興で、即時に歌を作ることができるということも、「歌作の芸」の一つなのである。一首の内容は、こんなにも、雨が降らなくては、蓮の葉に溜まっている水が、宝石の玉に見えるというものである。蓮の葉は、光沢があって水を弾くので、少量の水ならば、球状となって玉のように見える。それを、即座に歌にしたところにこの歌の妙があるのである。

芸人と芸名の発生、その原初的形態

「右兵衛」なる者は、即興の歌詠みで、まるで時候の挨拶のように、何の苦もなく歌を歌ったのであった。「雨が欲しいころですねぇ」と。宴が繰り返し行われるなかで、宴会の

芸にすぐれた者が見出され、参会者も、その芸の登場を期待するようになってゆく。そうしているうちに、その人物に、ニックネームが付けられることになる。そうなれば、あちこちのお座敷からお呼びがかかることもあるはずだ。どうしても、宴に呼んでその芸を見たいと思う場合は、金品を贈る人も出てくる。これこそ、芸人と芸名の原初的形態であり、その発生と考えてよい。もし、それで生計というものが立つのなら、それはもう立派な、「芸人」といえよう。

芸というものには、二つのタイプがある。その一つは、長期間の習得期間を必要とするもの。もう一つは、本人の持っている才能による芸で、この場合、習得期間などほとんど不要である。前者は、落語型。後者は、漫才型といえよう。落語型宴会芸は、一定の習得期間すなわち修業期間が必要だから、それなりの習得のシステムがある（前座、二つ目、真打ち、名取りなどの技量認定システムが存在している）。一方、漫才は、短期間のうちに芸としては完成してしまう。はっきりいって、入門三年目の落語家さんの話は、聞く側が同情してしまうくらいに、拙い。もちろん、そのなかにも、キラリッと光る個性の人もいるにはいる。が、しかし。それでも、芸としては拙い。一方、漫才は、コンビの漫才師ならコンビが三年続いていれば、もう売れっ子で、実際はコンビが一年続くことなど、稀だ。そして、その芸は、旬というものがあって、入門十日で大当たりすることすら、ある。反面、十年のキャリアのある漫才師の話を聞いても、まったくおもしろくない、ということも、ままある。こんなことだってある。寄席で、かつて一世を風靡したことのある漫才師の漫才を聞いたとしても、それが現段階でおもしろいか、どうかは……別の話だ。したがって、漫才師の方が、だんぜん浮き沈みが激しい。それは、技量より、才能の芸だからである。

「右兵衛」の宴会芸の性格

縷々《るる》述べてきたのは、ほかでもなく、「右兵衛」のような即興芸タイプは、あっという間に人気者になる可能性があるということを説明したかったからである。たぶん、一部の読者の脳裏には、クラスの人気者のA君や、いつも宴の中心となっている宴会男のBさんのことが、すでに思い浮かんでいるはずである。少しく話を大仰にすれば、資本主義的システムが社会に浸透してゆくと、そういった人気者を掘り出し、スターにしてゆくシステムも出来上がってゆく（スターダム）。

さて、ここで、余談を一つ。私の自慢はといえば、無名時代のダウンタウンと友近を数回、大阪のライブハウスで見たことだ。なぜ、彼らがいわゆる「大化け」（突然、人気の出ること）したか、私などの眼力では知るよしもないが、たくさんいる出演者のなかで、名前を覚えて帰ったのは事実だ。それは、もう空気感としか説明し得ないものだったが。一方、一時期には頂点にいながら、人気が凋落してしまった漫才師の芸も、数回みたことがある。伝説的コンビであったN・Dが下ネタでしか笑いを取れず、私は悲しくなって、席を立ったことがあった。

閑話休題。「右兵衛」の夏の宴での芸は、よほど多くの人びとの印象に残ったらしく、語り伝えられて、その活躍が記録され、今日『万葉集』に歌が収められているのである。時として、『万葉集』は、私たちに興味のつきない貴重な情報を伝えてくれるものだ。

ふたたび「歌儛駱駅」、そして「えぶりまい」

さらに余談を。私は、二十代の後半まで、民俗学者になりたいと思っていた。その夢は、結局潰えてしまったのであるが、今でも、当時のフィールド・ノートを見ると、胸が高鳴ることもあるし、さびしく思うこともある。

私がよくでかけたのは、愛知県北設楽郡の東栄町の月《つき》という集落で、この地域で十一月に行われる「花祭」という神楽系芸能を何年も追いかけていた。ある時、正月の御神楽《みかぐら》という行事に行った時のこと、よく調査にお邪魔していたので、地元の方々とも仲良くなって、槻《つき》神社での祭礼のあと、直会のお酒をいっしょにいただいたことがある。ソーセージに、鯖の大和煮の缶詰、やかんで温めた酒を茶碗に入れて……乾杯。こうして、宴ははじまった。場所は公民館。

車座になって、十四、五名であろうか、酒を飲んでいると、「えぶりまい」をしようということになった。私は、それが何を意味するか、まったくわからなかったが、こんな遊びをしはじめたのである。まず、車座になっているそのなかの人物のひとりに鈴が渡された。渡されるやいなや、笛がピピッと鳴り、太鼓がどんどんと鳴らされるではないか。すると、鈴を渡された人が、「えぶりまい、えぶりまい」と言いながら立ち上がって、これまた「えぶりまい」「えぶりまい」と言いながら鈴を振って左回りか右回りに、身体を一回転させるのである。ただ、それを繰り返してゆくだけである。「ピピッ、どんどん、えぶりまい、えぶりまい」と、くるりっと一回転するだけである。当然、参加者も囃し立てる。そうして、舞い終わると、鈴を次に回すのである。最初は何をしているのか、わからなかったが、「日本一簡単な舞だから」と言われて、私も一回転した。「えぶりまい、えぶりまい」と。

こう書いていても、面白くもおかしくもないだろうが、これが予想外に、おもしろいのだ。というのは、やってゆくうちに、各人が、何かしら、工夫をしだすからである。鈴の振り方、回り方、それぞれ違うのである。そのうちに、腰を振りながら一回転する人も出てくる。笛方、太鼓方も、興が乗ってくると、もう一回もう一回、回れ回れと楽《がく》をやめない。鈴が巡って来た舞い手たちも、負けてはならじと所作を変えだす。一方、やりたくない人も当然いる。しかし、やりたくない人に無理に舞わせるための、そのやりとりがまたおもしろいのだ。「日本一、世界一、簡単な舞です」と。

単純だけに個性を引き出す

では、何がいちばんおもしろかったかといえば、やはり舞い手の個性的な工夫であろう。それは、ぜんぶ違うし、舞う時に、親しい人の頭を鈴を振ると見せかけて打ったりと、二度目、三度目に鈴が回ってくると、いろいろなハプニングが起こってくるのである。こうなると、やりたい放題だ。ことに若い女性は、男たちが回れ回れと囃し立てるので、大変だった。「えぶり」は揺さぶるということだと月の人はいうが、詳しい意味はよくわからないという。私は、人間というものは、こんなにも単純な遊びで楽しめるものなんだなぁ、と驚いてしまった。もう、三十年近くも、昔のことだ。

車座となって、ひとりひとりに芸をさせる。しばらくして、私はこれが『万葉集』の巻十六の三八三七左注に登場する「歌儛駱駅」に当たる遊びと同じだと考えるようになった。ひとりひとりが芸を出して、場を盛り上げる。それが「歌儛駱駅」なのである。

意味のない歌を作る

閑話休題。座興歌謡のなかで、ナンセンス歌謡という項目が立てられているが〔真鍋 二〇〇三年〕（三八頁）、ナンセンスのおもしろさということでは、「右兵衛」の歌の次に、「無《む》心所著《しんしよぢやく》の歌」という歌が収められている。ここでいう「心」とは、「意味内容」ということなので、意味のない事柄を著した歌ということになる。こんな歌である。

無心所著《むしんしよぢやく》の歌二首

我妹《わぎも》子《こ》が　額《ひたひ》に生《お》ふる
双六《すぐろく》の　牡《ことひ》の牛の
鞍《くら》の上《うへ》の瘡《かさ》

我《わ》が背《せ》子《こ》が　犢鼻《たふさき》にする
円石《つぶれいし》の　吉野の山に
氷魚《ひを》そ懸《さが》れる〔懸有は反《かへ》してさがれるといふ〕

右の歌は、舎人親王《とねりのみこ》、侍《じ》座《ざ》に令《おほ》せて曰《いは》く、「或《も》し由《よ》る所なき歌を作る人あらば、賜ふに銭《ぜん》・帛《ばく》を以《もち》てせむ」といふ。ここに大舎人安倍朝臣子祖父《おほとねりあへのあそみこおほぢ》、乃《すなは》ちこの歌を作り献上す。登時《そのときつの》募る所の物銭二千文を以て給ふ、といふ。

（巻十六の三八三八、三八三九）

少し言葉の解説をすると、「生ふる」は、「生《は》える」という意味。「双六」は、今日の「双六」とは遊び方は違うものの、さいころを使って、進塁を競争するという原理は同じである。宴席でよく行われていた。ここでは、双六盤のことを指すと思われる。「牡の牛」は雄牛のなかでも大きな成牛をいう。牛の鞍は、荷を載せるための鞍のこと。大切な牛の背に傷がつかぬようにするための鞍のことである。「瘡」は、はれものをいう。「犢鼻」は、ふんどしのこと。「犢鼻」の「犢」は、子牛のこと。「ふんどし」をしめると、股のあたりが、ちょうど逆三角形となって、子牛の鼻のかたちに見えるところから、漢語で「犢鼻」と書けば、「ふんどし」を意味するようになったのである。「円石」とは、丸石のこと。「つぶれ」「つぶら」は、丸いことをいう。「つぶらなまなこ」の「つぶら」である。「氷魚」は、琵琶湖の鮎のこと。川の鮎と違って、成魚でも、六センチくらいにしかならない。その稚魚のことを「氷魚」という。冬期、網代で捕えて食べるのである。「反し」とは、「翻」と通用し、翻訳、訓読、言い替えされると、こうなるということを表す。

次に、左注の語について解説する。「舎人親王」は、天武天皇の皇子で、『日本書紀』編纂の総裁であったから、当時としては、たいへんな知識人ということになる。天平七年（七三五）に、知《ち》太政官事《だいじょうかんじ》、一品で没している（享年六十歳）。「侍座」とは、侍して座ることだが、転じて、貴人と同席することをいう。「大舎人」は、中務省《なかつかさしょう》大舎人寮《おおとねりりょう》（左右）所属の官人であり、天皇付きの雑用係なので、「大」を冠する。「安倍朝臣子祖父」については伝未詳。どのような人物か、知る手がかりがない。以上の内容を踏まえて訳すと、こうなる。

〈現代語訳〉

　意味の通じない歌二首

わが女房殿の　額に生えた
双六盤の　大きな牡牛の
鞍の上にある瘡――

わが夫が　ふんどしにする
丸石の　吉野の山に

氷魚がぶらりと下っている〔懸有はさがれると読む〕

右の歌は、舎人親王が宴に侍っている者たちにご命令を出して仰せられることには、「もし、意味の通じない歌を作る者がいたら、銭・帛を遣わそう」とおっしゃった。そこで、大舎人であった安倍朝臣子祖父という者がこの歌を作って献上したのである。かの時は、宴の席にいた人々から、即座に集めた物や銭二千文をこの者に遣わされた、ということである。

（拙訳）

シュールな詩

訳すとこうなるといってみたものの、果たして訳といえるかどうか。何ともシュール（超現実主義的表現）。今、私の手元に、一冊の辞書がある。目を瞑《つぶ》って広げた頁の最初の語を、並べてゆこう。書いてみる。

黒蜜→嫁→たらい→けんか

となった。人為を排して無作為に抽出して並べたのだが、そこに何らかの意味をこじつけようと思えば、「黒蜜」の好きな「嫁」が、「たらい」の貸し借りをめぐって「けんか」したとなろうか。また、「黒蜜」というあだ名のある女と、「嫁」が伴に「たらい」で洗い物をしていると、隣の家では「けんか」がはじまった、でもよいか。つまり、人間は、意味を求める動物なので、意味のない詩を作るということは、意外に難しいのである。

　額に双六盤は生えない。その双六盤の上に、大きな雄牛など乗るはずもない。その牛につける鞍は木であって肌ではないから、はれものなどできようもない。が、しかし。これが夢なら、映像化できるかもしれない。いや、今なら簡単に作ってしまうはずだ。コンピュータ・グラフィックスで。かつては、サルバドール・ダリ（一九〇四―一九八九）の画や、ジャン・コクトー（一八八九―一九六三）の詩の世界だったが。

　二首目も、意味はないはずだが……円石が「ふんどし」になると読むと、それは睾丸のことか、と私は勝手にイメージしてしまう。琵琶湖の鮎は小さいが、吉野の鮎は大きいと比較して思い浮かべてしまう。すると氷魚は、小さな男性器を象徴するのでは？　と考えてしまった。連想の鎖は、次々に広がってしまうのである。しかし、それは、現実にはないことだし、たとえ連想したとしても、いく通りもの繋ぎあわせができてしまうので、一首全体の意味内容を決することは、できない。ただ、そこにあるのは、各自が行う勝手なイメージの連鎖だけということになる。難しくいえば、宴にいる人びとが、歌の意味を共有できないように作られているのだ。共有できるものがあるとすれば、それはわからないという認識だろう。

いや、ここでは、皆がわからないと思う詩を作らねばならないのだ。

大橋巨泉の五秒CM、はっぱふみふみ

じつは、この舎人親王が出したお題について、見逃してはならないことが、もう一つある。意味はなくても、歌でなくてはならないということだ。すると一応、五音句、七音句を連ねて、五七五七七の短歌形式で歌を作る必要があるのだ。そうすると、付属語である助詞と助動詞を伴なうことになる。助詞と助動詞が入れば、どうしても単語と単語との関係が規定されてゆくことになってしまう。歌となって、それなりに意味があるようにも、見えてしまうのだ。しかし、意味があるように見えながら、現実世界での合理的説明ができないように、安倍朝臣子祖父は、歌を作ってみせたのであった。

歌のように見えて、意味が通じないということであれば、かつてタレントの大橋巨泉（一九三四—）が出演していたパイロット万年筆（現パイロットコーポレーション）の宣伝がそうであった。大橋巨泉は、譜面台の前の椅子に腰かけて、

みじかびのきゃぷりてぃとればすぎちょびれすぎかきすらのはっぱふみふみ

とブラウン管を通じて呼びかけたあと、「わかるねぇ」（そして、大笑いしたと思う）と言ったのである（五秒ＣＭで、一九六九年に放映。当時、私は八歳だった）。おそらく、視聴者は万年筆の宣伝だとはわかっているし、短歌体だとはわかったはずだが、それ以外のことを合理的に解釈しようとしても、解釈のしようがなかったはずだ。まぁ、書きよいということがイメージされているのだろうというくらいのことは想像もするが。つまり、意味のない歌を作るというのは、たいそう難しいことなのである。

ゲームのルール

舎人親王の命令に応えた安倍子祖父は、物銭二千文の賞金を手にすることになるのだが、これを『正倉院文書』にあらわれる米価をもとに計算した研究があり、いずれも八万円から十万円に相当するとの試算がある。ただし、これらの試算から、すでに三十年経過している。そこで米価を調べ直してみると、下落していて、今日では次のような試算結果とあいなった。『正倉院文書』の天平勝宝三年（七五一）十一月二十八日の条にある「食米六升、直《あた》ひ三十文」（『大日本古文書』十二、原漢文）を参考とし、食米六升の値が三十文として計算する。当時の一升が今日の四合にあたるとして計算すると、米百六十キロ分の値に相当する金額が、安倍子祖父に支払われたことになる。さて、これを今、仮に十キロ三千円の米だとすると、四万八千円。十キロ五千円だとすると、八万円となる。十キロ五千円だと、かなりの高級米だ（二〇一三年八月のネットプライスを見た筆者の印象）。米価で考えるならそんなところだが、時代ごとの所得水準もあるだろうから、やはり、あくまでも試算でしかない。また、当時の米の面積あたりの収量もはるかに少なかったろうから、もっと高価だった可能性も高い。

私の金銭感覚だと、三ヵ月分のお小遣いということになろうか。やはり、あればうれしい金額である。さて、この命令を下したのは、舎人親王なのであるが、安倍子祖父に贈られた賞金は、宴会の出席者から集めたとある。おそらく、多くの研究者が、この点に着目しているように、ゲームの賞金は、宴の参会者から取るという原則があったのであろう。

ここで、金言を――。宴会芸の成否は、瞬発力にかかっています（即興性）。まず、早いことが大切で、躊躇は禁物。誰も、内容のある芸など求めてはいません。求められているのは、内容ではなく、意外性です。場の雰囲気にマッチしていて、かつ即興で「えっ」と思わせる芸が、宴会芸の基本なのです。

第八章　愛誦歌、おはこについて

古代の宴においても、「おはこ」を歌う人びとがいました。
彼らは、どんな歌を歌ったのでしょう。
本章では、そんな「おはこ」について考えてみます。

「おはこ」の定義

カラオケに行けば、A部長が必ず歌うのは、Bという歌。C課長が歌うのは……。というように、その人その人には、持ち歌というものがある。愛誦歌といってもよいし、しゃれて「おはこ」（＝十八番）といってもよいかもしれない。じつは、かくいう私にも、「おはこ」というものがある。「岸壁の母」（一九五四年）、「月の法善寺横丁」（一九六〇年）、「王将」（一九六一年）などである。じつは、私は、一九六〇年生まれなので、なぜそんな古い歌が「おはこ」になっているのか、不思議に思う読者も多いだろうと思う。生まれる前の流行歌謡曲も含まれるのだから。そういったいわばナツメロが、私のカラオケの二十曲の持ち歌の大半を占める。その理由は、なぜか。私が子ども時分、大人たちが懐かしく歌っていた歌だからだ。私は、今、その昔を懐かしんで、これらの歌を歌うのである。

では、なぜ覚えたかというと、小学生だった私が、大人たちの歌うナツメロを歌うと、大いに喜ばれたからである。大人としては、自分たちの歌う古い歌を、子どもが歌うとおもしろがったのである。郷里の博多弁で、「まことしゃんなぁ、どうしてこげんな古か歌ばぁー、よー知っとんなさるとなぁ。感心なこったいー」（マコトサンハ、ドウシテコンナ古イ歌ヲ知ッテイナサルノカ、感心ナコトデアル）と言ってくれるのである。そして、私はちゃっかりとお小遣いをもらうのであった。かくして、私は、その意味するところは理解し得なかったが、大人たちが喜ぶ歌を歌えるようになっていったのである。こうなると、宴のたびごとに、私の出番というものが作られることになる。すると、その歌は誠《まこと》さんの歌だということになって、他の人びとは遠慮して歌わなくなる。「おはこ」というものは、概してそんなものである。

ここで、本書のいう「愛誦歌」＝「おはこ」の定義を示しておこう。それは、特定の人物が、特定の歌を得意とし、よく歌い、かの事実が宴の参会者に広く認識されている場合、「おはこ」と定義するということになろうか。宴席で歌われる歌の実態をよく伝えている『万葉集』の巻十六には、特定の人物が、特定の歌を宴席でよく歌っていたと解釈できる例があるのである。穂積親王《ほづみのみこ》の場合は……次の歌であった。

「恋の奴」とは？

穂積親王の御歌《みうた》一首
家《いへ》にありし　櫃《ひつ》に鏁《かぎ》刺し
蔵《をさ》めてし　恋の奴《やつこ》が
つかみかかりて

右の歌一首、穂積親王、宴飲の日に、酒酣《たけなは》なる時に、よくこの歌を誦《よ》み、以て恒《つね》の賞《め》でとしたまふ、といふ。

（巻十六の三八一六）

少し言葉について、説明をしておこう。「穂積親王」は、天武天皇の皇子のひとり。異母妹の但馬皇女《たじまのひめみこ》との恋を、『万葉集』はゴシップ記事のように伝えている（巻二の一一四〜一一六）。「家にありし」は、「家にあった」の意。「櫃に鏁刺し」の「櫃」は、蓋の付いた大型の木箱。長方形で、ここでは施錠できるようになっているタイプだろう。「恋の奴」という言い方はおもしろい。当然、「奴」は下僕の意味。恋心を擬人化した表現だが、恋を貶めていることには注意しておく必要があるだろう。つまり、自分の恋心が、自分を困らせるので、「恋のやつめ」と表現しているのである。

「つかみかかりて」の「つかむ」は、こちら側が欲していないのに、相手が暴力的に、こちらの手足や衿袖などを取ろうとすることをいっているのである。「酒酣なる時」は、酒宴が真っ盛りとなった状態（一三九〜一四〇頁）。「恒の賞で」は、常に愛でるものだから、常に楽しみとするところのもの。すなわち、「おはこ」の芸ということになる。訳してみよう。

〈現代語訳〉

穂積親王の御歌一首

家にあった　櫃に鍵を掛けて
閉じ込めておいたのだけれど……　恋のやつめが
つかみかかってきやがる

右の歌一首は、穂積親王が酒宴の日に、宴もたけなわになった時に、いつもよくこの歌を口ずさんで「おはこ」とされていた歌、ということである。

（拙訳）

となろうか。この歌の妙は、自分の恋心でありながら、それが自分を苦しめるというところにある。したがって、「恋」は「恋のやつめ」と呼ばれるのである。一首のいわんとするところは、恋というものは、「でもの腫れ物ところ嫌わず」で、困ったもんですよなぁー。それでも、懲りないのだから、わかっちゃいるけど、やめられないということですかね、というくらいの意味となろうか。そこまで踏み込むかどうかは別として、但馬皇女との恋は、当時としては一大スキャンダルであったろうから、穂積親王の口からこの歌を歌うと、自虐的な意味合いも帯びてくるものと思われる。
かくなる歌が、穂積親王の愛誦する「おはこ」として、有名だったのである。

至福の時、至福の景

また、河村王《かわむらのおおきみ》にも、「おはこ」にしている二首の歌があったことがわかっている。穂積親王の歌の次に収められている歌だ。

かるうすは　田盧《たぶせ》の本《もと》に
我が背子《せこ》は　にふぶに笑《ゑ》みて
立ちませり見ゆ〔田盧はたぶせの反《かへ》し〕

朝霞《あさがすみ》　鹿火屋《かひや》が下《した》の
鳴くかはづ　偲《しの》ひつつありと
告げむ児《こ》もがも

右の歌二首、河村王《かはむらのおほきみ》、宴居の時に、琴を弾きて即《すなは》ち先《ま》づこの歌を誦《よ》み、以《もち》て常の行《わざ》と為《な》す。

（巻十六の三八一七、三八一八）

河村王については、諸説があるが、未詳の王としかいいようがない。「かるうすは」は、唐臼《からうす》と考えられ、籾米などを搗《つ》く農具。脱穀精米に使用する。「田廬」は、田にある伏屋《ふせや》すなわち、仮小屋で、農具を置いたり、収穫期には、鹿や猪から稲を守る見張り小屋となった。したがって、農繁期には、男たちは、田廬に泊ることも多かったのである。「我が背子」は自分の夫のこと。「立ちませり見ゆ」の「ませ」は敬語なので、お立ちになっているのが見えるという意味。「反し」については前述（一四九頁）。つまり、収穫が終わって、恋人と再会。いよいよ新米も食べられる、という至福の時のことを歌っているのだ。

琴の伴奏で「おはこ」を歌う

「朝霞」は、「鹿火屋」にかかる枕詞。ただし、なぜかかるのかは、わからない。「鹿火屋」は、田を荒す猪や鹿を寄せ付けないために火を焚く小屋。番小屋のことである。「鳴くかはづ」の「かはづ」は、河鹿蛙《かじかかえる》のことで、晩春から初秋まで鳴き続ける。歌われているのは秋になっても、まだ鳴いている河鹿ということになる。「告げむ児もがも」の「もがも」は仮想的願望だから、告げてくる娘はいないかなぁ（いてほしい）ということになる。
「宴居の時に」は、解釈が難しいが、宴の場にある時と解釈すべきであろう。そこから転じて、ここでは宴たけなわとなった時という意味で使われている。「琴を弾きて」以下は、興が乗って琴を手にすると、まっ先にということである。琴が、「和琴《やまと》」「新羅琴」「百済琴」のいずれであったかは不明。「常の行」は、必ず行うことである。つまり、いつものお決まりのパターンということである。訳すと、次のようになろうか。

〈現代語訳〉
唐臼は　田廬のもとにあるもの
私の良い人はにこにこにっこり
お立ちになっているのが見える〔田廬はたぶせと読む〕
朝霞ではないけれど　鹿火屋の陰の
蛙《かわず》の声のように　ずっとずっとお慕《こ》い申し上げて泣いておりましたのよぉ……
なーんて言ってくれる娘はいないかなあ（いてほしいよなぁ、でもいないよなぁ）

右の歌二首は、河村王が酒宴もたけなわとなると、琴を弾じてまず真っ先にこの歌を口ずさむのを、常としていた。

（拙訳）

「伏せる」と「立つ」との対比

さて、一首目の解釈は難しい。「田廬の本に」が問題となるが、これは、「建物のもと」にということであろう（内田　一九九九年）。そこで私は、

カルウスは、伏せっているわけではないがタブセのもとに置いてある……のが今見える。

私の良い人は、にこにこにっこり笑って（こっちは伏せるんじゃなくて）立ッテいらっしゃる……のが今見える。

と一応解釈したい。「カルウス」が田廬にある状態と、我が背子がにっこり笑って立っている状態が対比されているのである。一首の笑いは、この対比のおもしろさにあるのであろう。「カルウス」が田廬の前に用意されているということは、いよいよ稲刈も終わ

り、収穫物を食べる時ということだ。「我が背子」がにこにこ笑って立っているのは、逢瀬のはじまりであることは間違いない。それが、一方は「伏し」で、一方は「立つ」というのである。「立つ」と「伏す」の対比があるのだ。

　田植え時から苦労してついに収穫、いよいよ稲搗き、さぁ食べるばかり。「我が背子」がにっこり笑って立っている、さあお楽しみの時間を過ごすばかり。つまり、それは至福の景なのである。

もてない男のぼやき節

　対して、次の歌はもてない男の歌。田廬で火を焚いて獣を追うというのは、なんともさえない仕事だ。つまり、ここは、同じ田廬つながり。田廬の下で鳴いている蛙のように、貴男のことをお慕い申し上げます……と言ってくれる女の子はいないものかなぁーというのであるから、現在慕ってくれる女はいないのである。そんな気持ちを逆なでするように、蛙は一晩中鳴いて求愛の気持ちを伝えている。それも、秋まで。対して、俺様は一晩中火の番だ……と何ともさえない夜をこの男は過ごしているのである。

　とすれば、一首目は、男を慕う女歌。二首目は、もてない男の嘆き節であるということができる。一首目は、田廬での生活も終わりころであろうが、二首目はまだまだひとり淋しく田廬での生活が続いてゆくようである。一首目にもてる男が登場し、二首目にもてない男が登場する。その落差が、酒宴で好まれたのではなかろうか。すなわち、二首目がオチになっているのである。この二首を宴会芸の十八番としたのが男王とすれば、それは自らを貶める道化の笑いになったはずである。文字通り、鳴り物入りの歌として。しかし、王みずからが、鹿火屋の番を実際にしたとは思われない。まぁ、それもおもしろいところだろう。

以上のように見てゆくと、本人が常に愛誦すれば、愛誦歌なのだろうが、それが、あっ、あの人の「おはこ」だと多くの人びとの記憶に留められるには、それなりの理由もあるのではないか。穂積親王の歌は、自分のスキャンダルと関わるかどうかは別としても、恋というものをおもしろく、おかしく捉えている。河村王の「おはこ」も、二首続けて歌えば、オチがついていて、笑える歌だ。

恋がテーマで、おもしろくて、明るい。そういう歌は、くつろいだ宴にふさわしく、聞いていても、楽しいものである。

意味深長な歌

河村王の次に収められているのは、小鯛王《こだいのおおきみ》の「おはこ」である。こちらは、一見、しっとりとした歌のように見えるのだが。はて？

夕立《ゆふだち》の　雨うち降れば
春日野《かすがの》の　尾花《をばな》が末《うれ》の
白露《しらつゆ》思ほゆ

夕《ゆふ》づく日　さすや川辺《かはへ》に
作る屋《や》の　形《かた》を宜《よろ》しみ
うべ寄《よ》そりけり

右の歌二首、小鯛王《こだひのおほきみ》、宴居の日に、琴を取れば登時《そのとき》必ず先《ま》づ、この歌を吟詠《ぎんえい》す。その小鯛王は更《また》の名を置始多久美《おきそめのたくみ》といふ、この人なり。

（巻十六の三八一九、三八二〇）

ここで少し言葉の解説をしておこう。「小鯛王」が、左注に記されているように「置始《おきそめの》多《た》久《く》美《み》」という人物と同一人物ならば、藤原家の歴史を書いた『藤氏家伝』（成立七六〇年）に登場する奈良時代の風流侍従《ふうりゅうじじゅう》の「置始工《たくみ》」と同一人物の可能性が高い。風流侍従は当代を代表する文雅の士であり、天皇の傍らにあって、都の文化を体現する人物たちであった。「夕立の」以下は、夕立ちが降ると足止めをくらってしまうという意味となるが、宴たけなわの時に歌われた歌なら、男が女のもとに行けないということを暗示している可能性が高い。「春日野」は、平城京東郊の遊覧の地。「尾花が末」は、すすきの穂の先端のこと。「うれ（末）」は、「もと（本）」に対応する言葉である。「白露」を美しい女性の譬えとする説もある〔伊藤博　一九九八年〕。

「夕づく日」は夕陽。「さすや川辺に」の「や」は、間投助詞で詠嘆を表す。「作る屋」の「屋」は、建物を表す。河辺のような場所には、何かの目的がないと屋など建てないはずだ。「形を宜しみ」は、「構えがたいそう結構なので」という意味。ということは、景色を楽しんだり、河辺で涼んだりする、瀟洒な家ということになろうか。「うべ寄そりけり」の「うべ」は納得するという意味の副詞。「寄そる」は、引き寄せられてゆくということだ。つまり、どうしても足が向いてしまうということである。

河辺の家はどんな家か

こう見てゆくと、河辺の家のことが妙に気になる。私などは、京都の祇園や先斗町の床《ゆか》などを思い、きれいどころがいるところでは……と想像してしまう（「きれいどころ」につい

京都・鴨川沿いの床と舞妓さん

ては、一八三頁）。宴たけなわとなって歌われる意味深長な色っぽい歌として訳してみよう。

〈現代語訳〉

夕立が　ざざとも降れば
春日野の　尾花の先の
あの白露が思い出される（この雨で……女を待たせるなんとしょう）

夕づく陽　さす川べりに
すくと立つ　家のかたちのいとおしさ
ついつい足が向くのも……道理じゃわい（恋する道は千里も一里）

右の二首は、小鯛王が、宴がたけなわになって、琴を手にするとすぐに口ずさんだ。その小鯛王とは、またの名を置始多久美という、その人のことである。

（拙訳というより釈義）

訳文というより釈義で、少し遊びが過ぎたが、お許し願いたい。小鯛王の二つの歌は、自らが酔狂な遊び人で、今、女に入れ上げているんだ。そんな己をなんとしょう、という都々逸風の歌ではないのか。私が大胆に釈義を作成したのは、酒宴で歌われるとすれば、私が作った釈義風に、聞き手は裏を読みたがるだろう、と考えてのことである。もちろん、二首を直訳すれば、

夕立の　雨が降ってくると　春日野の　尾花の先にある　白露のことが思い出されることだなぁ（三八一九）

夕日さす川べりに　作られている建物の　形が好ましいので　やはり身を寄せることが多い（三八二〇）

となるし、それで解釈して問題はないはずである。しかし、表面がみごとに装われているところにこそ、酒宴で歌われる歌の妙があるのではないか。

小鯛王さんも、なかなか隅に置けませんなぁ。一週間に十日、彼女のもとに通いつめているのですかぁー、というようなノリで宴は盛り上がるだろう。

三枚目の笑いが宴を盛り上げる

「直会」の語源が「なほりあひ」にあり、それが、居住いを正すことであるとするなら、「直会」の最初と最後は、一定の形式をもった儀式が行われることは、縷々述べたところである（一二三頁）。

一方、宴もたけなわとなれば、さまざまな座興の歌が繰り出されることになる。座興歌謡（土地の俗謡、流行歌謡、思い出の歌謡、ナンセンス歌謡）、状況歌（依興詠、古歌披露）などが、それにあたる（三八〜三九頁）。

本章と前章において述べたように、それらは、一つの宴会芸ともいうべきものであり、何かのために、たとえばお祝いのための祝辞の歌などではなく、宴そのものを楽しむための芸と考えてよい。したがって、その時、その時の宴の場の雰囲気を反映するものといえよう。そういう宴の場の雰囲気をつかみ、また逆に宴席の雰囲気を作ってゆく人こそが、宴会芸の達人なのである。そうして、繰り返される宴のなかで、あの人にあの歌を歌ってもらわなければ……という「おはこ」も、生まれてくるのであった。

ここで、金言を――。宴がたけなわの時に歌う歌としては、色と恋の歌がよいのですが、自分がもてるという態《てい》で歌うと顰蹙《ひんしゅく》を買います（ただし、もてない男がもてると歌うのは、可）。穂積親王や、河村王を見習うべきです。なぜならば、酒宴の主役は、二枚目さんではなく、三枚目なのですから。とくに、もてる二枚目さんは、気をつけて下さい！

また、宴における民主主義は、多数決にあらず。全会一致が原則です。ひとりでも不快に思う人がいたら、その宴は大失敗です。成功の秘訣は一つ。おもしろくなさそうな顔をしている人を見つけたら、すぐに声をかけること。学界の宴会男の異名を持ち、気難しい学者たちの宴をとり仕切った私がいうのですから、間違いありません――。

第九章　宴の流れ

「宴」というものには、定まった流れのようなものがありました。今日でも、乾杯から始まって、閉会の辞までの流れがあるように。その宴の流れについて、天平勝宝三年正月の宴の例から考えてみようと思います。

天平勝宝三年正月、越中国庁での宴

そこで、ここからは、開宴から終宴に至るまでの宴の流れを、『万葉集』の巻十九の例でみてみよう、と思う。

天平勝宝三年（七五一）の正月。家持は、国司として越中に赴任していた。当年取って、三十四歳となった。家持は、この年の正月も、朝拝において郡司たちから、天皇の名代として賀詞奏上を受けたはずである。当然、朝拝のあとは、郡司たちと宴会とあいなるはずであるが、この年も、元旦ではなく、二日の日に、郡司たちの朝拝と直会を行ったのである（一一六頁）。当年は、ことに雪が多かったので、次のような歌を、家持は二日の郡司招待宴で披露した。

天平《てんぴやうしようぼう》 勝宝三年

新《あら》しき　年の初めは
いや年に　雪踏み平《なら》し
常《つね》かくにもが

右の一首の歌、正月二日に、守《かみ》の館《むろつみ》に集宴す。ここに、降る雪殊《こと》に多く、積みて四尺あり。即《すなは》ち主人《あろじ》大伴宿禰家持この歌を作る。

（巻十九の四二二九）

少し言葉の解説をしておこう。「いや年に」は、やって来る年ごとに年ごとにの意。「雪踏み平し」は、雪を踏んで平らにすることをいう。ということは、雪が平らになるほど、多くの客が集う宴会となることになる。「常かくにもが」の「もが」は、願望の終助詞で、「常にこうあってほしい」の意となる。訳すとこうなる。

〈現代語訳〉

天平勝宝三年

新しい　年の初めは

このように毎年ずっとずっと　雪を踏みならして　人がたくさん集って

いつもいつもこうありたいもんですよねぇ（新年の雪は吉兆なんですから）

右の一首の歌は、正月二日の日、越中の守・大伴家持の館で宴を催した時の歌である。その時、降雪が格別に多く、積もること四尺（一メートル二十センチくらい）にも及んだのであった。そこで、宴の主人たる大伴宿禰家持が、この歌を作ったのである。

（拙訳）

まさに、正月の新雪をことほぐ歌である（九〇頁、一七六頁、一七九頁）。開宴歌として、宴を讃える称讃歌となっている。家持は、この歌で郡司たちを招待宴に迎えたのである。おそらく、二日の日の宴は、国司たちは郡司たちの接待に余念がなかったはずであり、家持をはじめとする国司たちは、その接待に気を使ったものと思われる。だから、家持たちは、郡司の招待宴が終わると「ほっ」としたはずである。

今度は自分たちが楽しむ番だぜ

郡司たちの接待が終われば、今度は、自分たちが楽しむ番だ。つまり、朝拝と郡司招待宴のお疲れさん会。すなわち、打ち上げ（宴）をしなくてはなるまい。その打ち上げは、明くる三日、国司の介《すけ》（次官）であった内蔵忌寸《くらのいみき》縄麻呂《なわまろ》の宅で行われたのであった。おそらく、二日の郡司招待宴は、守（長官）宅で行わなくてはならないので、打ち上げは介（次官）宅ということになったのだろう。こうして、三日の打ち上げの宴会は、縄麻呂が主人とあいなったのである。まず、家持が、この打ち上げの開宴を告げる歌を披露したようだ。森淳司のいう開宴の参上歌である（三九頁）。

降る雪を　腰になづみて
参《まゐ》り来《こ》し　験《しるし》もあるか
年の初めに

右の一首、三日に介《すけ》内蔵《くら》忌寸《いみき》縄麻呂《なはまろ》が館《むろつみ》に会集して宴楽《えんらく》する時に、大伴宿禰家持作る。

（巻十九の四二三〇）

左注の方から、少し言葉の説明をしておこう。おもしろいのは、二日の宴については「集宴」とあり、三日の宴については「宴楽」と記されていることである。つまり、三日の宴は自分たちで楽しむ宴なのである。次に、歌の言葉について説明すると、「腰になづみて」の「なづむ」は、障害物のために進行に難儀するということで、「夏草を腰になづみ」（巻十三の三二九五）という表現もある。雪で進めない、夏草で進めない。そういう状態である。「験もあるか」の「験」は効果を意味する。「しるし」は、もともと目印のことと考えてよいが、ここでは目立った効果をいっている。現代語では、「かいがある」ということで、苦労してわざわざやって来たかいがあるということである。もちろん、それは宴が楽しいからだ。「も〜か」は、詠嘆を表すかたち。「〜だよねぇ」くらいの意味で考えておけばよい。以上を踏まえて、訳してみよう。

〈現代語訳〉

降り積もった雪にねぇ　腰まで埋まって難儀しながら
参上いたしましたが　そのかいがあるというものです
このおめでたい年の初めに……

　右の一首は、三日に介内蔵忌寸縄麻呂の宅に集って宴をした時に、大伴宿禰家持が作った歌である。

（拙訳）

　雨が降ろうが、槍が降ろうが、やって来ますよ。こんなに楽しいのだから、というわけである。こういえば、主人・縄麻呂の顔も立つというもの。

内蔵忌寸縄麻呂の渾身の趣向

　この三日の打ち上げで、縄麻呂は、皆を楽しませるために、雪像を作った。雪の彫刻で、岩を作ったのだ。

ここに、積む雪に重巌《ちょうがん》の起《た》てるを彫《ゑ》り成し、奇巧《たく》みに草樹の花を綵《いろど》り発《いだ》す。これに属《つ》けて掾《じょう》　久米朝臣広縄《くめのあそみひろつな》が作る歌一首

なでしこは　秋咲くものを
君が家《いへ》の　雪の巌《いはほ》に
咲けりけるかも
（巻十九の四二三一）

少し言葉の解説をしておこう。「重巌の起てるを彫り成し」は、「岩が重なり立つさまに作って」ということである。つまり、雪を固めて岩のように作ったのである。「奇巧みに草樹の花を綵り発す」は、巧みに色とりどりの花樹の花をあしらうことである。「綵発」は、さまざまの色に咲かせることだが、造花を雪の岩に飾ったのであろう。「これに属けて」は、「これを見て、歌の題にして」という意味である（属目詠、三九頁）。「掾久米朝臣広縄」は、家持の同僚の一人の「掾」すなわち三等官。「なでしこ」は、家持が好きな花であった。「秋咲くものを」の「ものを」は逆接。「咲けりけるかも」の「り」は、完了の

助動詞「り」で、「けるかも」は、詠嘆を表すいい方である。訳してみると、こうなる。

〈現代語訳〉

この時のことである。降り積もった雪に、重なる岩山がそそり立ったさまを彫刻した立像を作り、見事に草木の花を彩る趣向がなされていたのであった。それを見て、掾久米朝臣《あそみ》広縄が作った歌一首。

なでしこは　秋に咲くものですよね
ところがところがですよ　あなたのお家の雪の岩には
なななんと　今も咲いていたんですよねぇー（スゴイ）

（拙訳）

もちろん、広縄が、秋咲くなでしこを、正月に咲いていると思ったわけではない。この一首は、そう驚いてみせることによって、主人・縄麻呂の心尽くしの雪像と造花を誉め讃えているのである。それを、ユーモラスに歌表現すると、こうなるのである。訳文は、そういう気分を忖度《そんたく》して作ってみた。

ここで、余談を一つ。私の大叔父で、鯉《こい》を飼うことに凝って庭に三つも池を造った人がいた。お調子者の私は、お宅での宴が始まると、おじさんの家はまるで大阪城ですねと誉めた。一同、大笑い。大阪城のお堀に喩えたのでは、あまりにもスケールが違い過ぎて、あり得るはずもなく、度の過ぎたおべっかになるからである。「おじさん、私はもう家を間違ったかと思いましたよ。だって、内堀、外堀、もう堀だらけ。ここは大阪城かと思いましたよ」とやったわけである。つまり、わかっていて、大げさにいうと、お茶目な笑いが取れるのである。

〝きれいどころ〟がいる宴

国司たちが、お疲れさん会ということで、打ち上げをして、自分たちの内輪で楽しむわけであるから、この日の宴には、いわゆる〝きれいどころ〟が呼ばれていた。最近、美しい女性のことを〝きれいどころ〟というと思っている人も多いので、蛇足で説明を加えておくと、〝きれいどころ〟は、今日の芸者さん、芸妓さん、舞妓さんのことで、花街の女衆のことである。もちろん、拡大解釈の許容範囲に、クラブのホステスさんまでは入ると思うが、単に美女を意味する言葉ではない。

「遊行女婦」と書いて、今日の万葉学では、これを「うかれめ」と訓んでいる。平安朝以降では、「遊女」の称が一般的で、「あそびめ」と訓まれることが多い。彼女たちの仕事の中心は、宴席に侍して、酒を勧め、歌儛音曲によって、宴を盛り上げることにあった。遊行女婦は、即興で作歌する訓練も受けていたらしく、また民謡などの伝承歌を吟誦して、宴に花を添えたのである。したがって、彼女たちは、才能と教養の人でもあった。『万葉集』にその名を伝える遊行女婦としては、児島《こしま》（巻六の九六五〜九六六）、土師《はにし》（巻十八の四〇四七、四〇六七）、玉槻《たまつき》（巻十五の三七〇四〜三七〇五）などがおり、その歌が伝わっている。

「ウカレメ」とは何か？

今日、「ウカレメ」「アソビメ」といえば、売笑を想起しやすいが、国司らの宴に招かれた遊行女婦に期待されていたのは、その美貌と伴に、宴会芸であったと思われる。「ウカレメ」といった場合、一般的には、浮かれて歩く人すなわち漂泊の民、放浪の民のように考えられているが、宴席のあるところに、常に出向いてゆく人であると解する方がよいだろう〔土橋　一九八〇年、初版一九六八年〕。「アソビ」も、古代においては歌儛音曲をいう言葉であるから、宴席で、歌儛音曲を披露する女性が「アソビメ」なのだ。したがって、今日的にいえば、芸能人のごとき生活をする人びとと見た方がわかりやすいかもしれない。売れっ子の芸能人は、舞台あるところに常に出向いてゆくということになるから、その一生を旅中で終えることもある。もちろん、前近代までの芸能民の社会的地位は、きわめて低く、差別を受けていたので、時として売笑に従事せざるを得ない場合もあった。

遊行女婦たちの呼ばれ方（呼称法）を見ると、地名や植物名が多いようであるが、それはまさに、今日の芸名と同じであって、芸名を持って名を売り、多くの宴席に侍したものと思われる（芸人と芸名の発生　一四二頁）。もちろん、そうすれば、遊行女婦たちのあいだにおいて、切磋琢磨する競争的関係が発生し、互いに、美貌と芸を磨きあうことにもなったはずだ。

そういう遊行女婦のひとりに、蒲生娘子《がもうおとめ》という女性がいた。この天平勝宝三年（七五一）の正月三日の国司らの宴に呼ばれた遊行女婦である。彼女については、伝未詳で、今日『万葉集』当該箇所以外に、その資料を伝えない。ただ、次のことがらについては、おぼろげながら確認できよう。

一つは、その呼称は、地名に由来しているのではないか。近江の「蒲生野《かまふの》」（巻一の二〇）と、あるいは関係している可能性もある。もう一つは、この正月三日の宴で、長歌を伝誦していて歌ったとされているので、覚えている長歌を国司らの前で披露することのできる力を有していたと思われる（巻十九の四二三六、四二三七、一九六〜一九七頁）。短歌体（五七五七七）ならば、短いので何とか芸となろうが、長歌を披露するとなると、練習して、歌い込んでいないと難しいのではないか。その蒲生娘子は、久米広縄の歌を聞いて、

遊行女婦《うかれめ》蒲生娘子《かまふをとめ》が歌一首

雪の山斎《しま》　巌に植ゑたる
なでしこは　千代《ちよ》に咲かぬか
君がかざしに

（巻十九の四二三二）

と歌った。少し言葉の解説をしておこう。「山斎《しま》」とは、庭園のことで、「山斎」という表記からわかるように、築山のある庭をいう。築山があれば、池もあろう。「千代に咲かぬか」は、「永遠に咲いてほしい」ということだが、ここでの「ぬか」は、強い願望を表している。「君」は、主人の縄麻呂を指すと一般的には解釈されるが、主人も含め、そこにいる殿方みんなと考えた方がよいだろう〔影山　二〇〇九年、初出二〇〇三年〕。訳してみよう。

〈現代語訳〉

遊行女婦《うかれめ》である蒲生娘子の歌一首

雪降る庭の　そのお庭の岩に植えてあるなでしこの花
なでしこの花は　千代も変わらず咲いていていてほしいわ
だって　あなたのかざしにするんだもん――

（拙訳）

私は、その「出」のタイミングに、絶妙の巧さを感じる。久米広縄の歌を歌い継ぐかたちなら、広縄の顔も立つし、広縄が誉めたたえたなでしこの花をかざしにして、皆さんの頭に挿してあげたいからといわれて、悪い気のする男どもはいないはず。そして、何よりも、やはり苦労して雪像を造り、造花、それも守の家持が大好きななでしこの造花を飾った内蔵縄麻呂の顔も立つというものだ。千代に花が咲くといえば、祝歌としても最高だ。出しゃばらずに祝意を伝え、客と主人の顔も立て、花を添える歌い方である。私がこの宴会にいたなら、「よっ！　蒲生娘子！」と声を掛けただろう。

せっかくなんだからもうちょっと飲んでいって下さいよ

おそらく、こうやって、宴ははじまって、宴もたけなわとなっていった。ところが、ここで朝を告げる鶏の声が……。もう、朝かぁ、と鶏の鳴き声を聞いて帰り支度を始めた人がいたのであろう。こんな時、すんなりと客を帰したのでは、主人の沽券《こけん》に係わる。今日は雪だし、もうちょっと飲んでいって下さいよ、と主人は客を引き止めなくてはならない。だから、内蔵縄麻呂は、こう歌ったのである。

ここに、諸人《もろひと》酒酣《たけなは》に、更深《よふ》け鶏《にはつとり》鳴く。これに因《よ》りて、主人《あろじ》内蔵伊美吉縄麻《くらのいみきなはま》呂《ろ》が作る歌一首

打ち羽振《はふ》き　鶏《とり》は鳴くとも
かくばかり　降り敷く雪に
君いまさめやも
（巻十九の四二三三）

少し言葉の解説をしておこう。「更深け鶏鳴く」は、当時広く読まれていた中国の『遊仙窟』などの漢籍を読んでいれば、逢瀬の時の終わりを告げる鶏の朝鳴きを憎む言い回しをまねているな、とわかるはずである〔小島　一九六四年〕。「打ち羽振き」は、羽ばたきをして、ということ。鳥の飛び立ちの音であることには注意が必要で、ばたばたと羽ばたいて帰るということを暗示しているのであろう。「鶏は鳴くとも」は、鶏が鳴けば朝である

から、帰らねばならぬということだ。「君」は、ここでは家持を主客とする客人たちを指す。「いまさめやも」は、「います」は行くの尊敬語。だから、お帰りになるということだ。「やも」は反語だから、「どうしてお帰りになることなどできましょうや」という意味となる。訳してみると、こうなる。

〈現代語訳〉

ここで、宴たけなわとなったその時に、夜も更けゆき、鶏が鳴いたのである。そこで、主人の内蔵忌寸縄麻呂が作った歌一首

ばたばたと羽ばたいて　にわとりが夜明けを告げて鳴くけれど……
こんなにも　降り積もった雪の中をですね
あなたさまがたよ　どうしてお帰りになることなどできましょうや（ここは、また落ち着いて、飲み直しましょうよぉー）

（拙訳）

となろうか。ただ、逢瀬の終わりを告げる鶏を憎んで、男に甘えて、居続けを迫る女歌として釈義を作ってみると、

なんでばたばた羽ばたいて　にわとりのやつめは鳴くのかぇ　わたしたちゃこれから
よいところ――　朝は朝でもこの雪じゃあ　どうしてお帰りになどなれましょう　さ
ぁさぁ　おたのしみは　これからよ

となろうか（ちょっと、遊び過ぎたが、お許しを）。ここは、主人の縄麻呂が、女歌で一同を引き止めたのであろう。そうすれば、男どもはにやりとしたはずである。

ここで、余談を。戦前、海軍で教官をしていたこともある古代史家の横田健一教授は、私が宴席を抜け出して早く帰ろうとすると、女の声色で、

最近　おみかぎりで　さびしいわぁー

とよくやられた。こうなると、あと三十分は帰るに帰れない。横田教授に聞くと、海軍の宴会仕込みとのことであった。謹厳実直な先生だったから、女声が妙におもしろいのだ。本人いわく、女優の初代・水谷八重子（一九〇五―一九七九）のつもりらしいが……。

閑話休題。こう主人に歌われては、主客である家持が返歌しなくては格好がつかない。

雪ならしょうがない、飲み直しますかぁー

守《かみ》大伴宿禰家持が和《こた》ふる歌一首

鳴く鶏は　いやしき鳴けど
降る雪の　千重《ちへ》に積《つ》めこそ
我が立ちかてね

（巻十九の四二三四）

少し言葉の解説をしておこう。「いやしき鳴けど」は、「いよいよしきりに鳴いてきたけれども」の意。「立ちかてね」の「かて」は、可能の意味を表す「かつ」の未然形で、「ね」は打消の助動詞「ぬ」の已然形である。已然形なのは、「こそ」の結びになっているからである。訳してみると、こうなる。

〈現代語訳〉

守大伴宿禰家持が答えた歌一首

鳴きだした鶏は　しきりにしきりに夜明けを告げる

なにせこの雪　幾重にも積もる大雪だから……
私どもは　腰をあげかねているのでございます（お言葉に甘えて飲み直しますかぁ）

（拙訳）

家持の歌の本意は、いったいどこにあるのだろうか。家持は、本来ならば、鶏が鳴いたのであるから辞去しなくてはならないけれど、ご主人様のお言葉に甘えて、宴を続けさせてもらいます、と言ったのである。つまり、居残って飲むことを許したのである。そうすればこそ、主人の縄麻呂の顔も立つというものである。つまり、大雪ですから帰れませんよ、さらに飲んで下さいなという歌に応じて、飲み続けることとなったのである。実際に、大雪であったとも考えられるが、主客である家持がこう宣言すれば、参会者は、宴を続行できるのである。

こうして宴は続行とあいなり、延長戦とあいなったのである。ここで、久米広縄が、太政大臣・藤原不比等《ふひと》の妻であった県犬養三千代《あがたいぬかいのみちよ》が、聖武天皇に献上した古歌を披露したのであった。これは、広縄が伝誦した歌であった。しかし、こんな時に、なぜこの歌をという謎が残る歌である。

太政大臣《だいじやうだいじん》藤原家の県犬養《いぬかひの》命婦《みやうぶ》、天皇《てんわう》に奉《たてまつ》る歌一首

天雲《あまくも》を　ほろに踏《ふ》みあだし
鳴る神も　今日《けふ》にまさりて
恐《かしこ》けめやも

右の一首、伝誦《でんしよう》するは掾久米朝臣広縄なり。

（巻十九の四二三五）

少し言葉の解説をしておこう。「太政大臣藤原家」とは、藤原不比等の家のこと。不比等は、藤原鎌足の第二子にあたる。太政大臣正一位を追贈された有力政治家。「県犬養命婦」は、県犬養橘《たちばな》宿禰三千代のこと。はじめ美努王《みののおおきみ》に嫁し、橘諸兄《もろえ》らを生み、後に不比等に嫁して光明皇后（聖武天皇の皇后）を生んだ人物。「命婦」は、五位以上の位をもつ婦人を内《ない》命婦といい、五位以上の官人の妻を外《げ》命婦といった。三千代は内命婦であった。「天皇」は、ここでは聖武天皇のこと。この時点での今上陛下は孝謙天皇であり、三千代は元明天皇、元正天皇の両天皇にも仕えているのだが、ここでは聖武天皇のこと。

「ほろに踏みあだし」の「ほろに」は、ぼろぼろに砕けてゆくさまをいう。「あだし」は、散らすの意と考えられる。「天空の雲を蹴散らすほどの」という意味となろう。「鳴る

神も」は、雷のことで、雷鳴や電光は、古代社会においては神の怒り声とされていた。すなわち、神鳴りである。「恐けめやも」は、雷への恐怖を、天皇への恐懼《きょうく》に転じ、鳴る神よりも、恐れおおい天皇よと、天皇を讃える言葉として利用したのである。「恐《かしこ》け」は「恐し」の未然形で、「恐し」は、ここでは恐れおおい、の意。「やも」は反語を表す。訳してみよう。

〈現代語訳〉
　太政大臣藤原家（不比等）の妻たる県犬養命婦三千代が、聖武天皇に奉った歌一首
天空に広がる雲　その雲をぼろぼろにするまで蹴散らす鳴る神
かの鳴る神の恐ろしさも　今日お姿を拝する陛下に比べれば……
しれたものでございます（聖上の尊く恐れおおきことは限りなし！）
　右の一首の歌を伝誦していたのは、椽久米朝臣広縄である。
（拙訳）

冬の雷鳴、古歌の利用

一首のいわんとするところは、天皇のご威光は、かの雷鳴に勝るというものである。で

はなぜ、広縄はそんな歌を歌ったのであろうか。一つの説は、雷鳴の歌で、景気づけをしたという説である。飲み直しだから、しきり直しの景気づけをしたのだ、という説である。もう一つの説は、実際に、雷鳴が、この時に鳴ったのではないか、という説である。越中では、真冬の雪中においても雷鳴轟く日があり、これを「雪おこし」というそうである。したがって、その雷鳴にあわせて、歌ったということである〔青木生子 一九九七年〕。まことに魅力的な説だ。ただ、天平勝宝三年正月四日未明に、果たして雷鳴があったかどうかは、実証する手立てがない。

では、お前はどう考えるかといわれると、広縄は盛会の宴が延長になったことを讃え、かつ感謝の念を表すために、雷鳴に勝る恐れおおさを歌う古歌を利用したのだ、と考えている。すると、聖武天皇を讃える歌をなぜ歌うのかという疑問が、すぐに湧いてくる。私は、この歌だけを見れば、誰を讃えた歌かわからないので、かつて聖武天皇のご威光を讃えた歌を利用することによって、飲み続けることを許した家持を讃えた、と考えたい。

昨日は、天皇のご名代として郡司たちより賀詞の献上を受けた家持なのであるから、天皇陛下のように、よくぞご英断をいただきました、と茶化したのではなかろうか。つまり、主客が宴の続行を宣言したことに対する、参会者からの謝辞としての役割を持つ歌ではなかったか、と私は考える。ありがとうございます。恐れおおいことです。これで、飲み続けられます、と。

遊行女婦の歌う挽歌

遊行女婦の蒲生娘子が、ここで、長歌を歌ったようだ。それも、死者を悼む挽歌である。ここも、謎めくが、まずは歌を見てみよう。

死にし妻を悲傷《ひしやう》する歌一首〔并《あは》せて短歌〕作主未詳なり

天地《あめつち》の　神はなかれや
愛《うつく》しき　我が妻離《さか》る
光る神　鳴りはた娘子《をとめ》
携《たづさ》はり　共にあらむと
思ひしに　心違《たが》ひぬ
言はむすべ　せむすべ知らに
木綿《ゆふ》だすき　肩に取り掛け
倭文幣《しつぬさ》を　手に取り持ちて
な放《さ》けそと　我《われ》は祈れど

まきて寝《ね》し　妹《いも》が手本《たもと》は
雲にたなびく

反歌一首

現《うつつ》にと　思ひてしかも
夢《いめ》のみに　手本まき寝《ぬ》と
見ればすべなし

右の二首、伝誦するは遊行女婦《うかれめ》蒲生《かまふ》これなり。

（巻十九の四二三六、四二三七）

少し言葉の解説をしておこう。「天地の神はなかれや」の「なかれや」は、「なかればや」の意で、「や」は反語だから、「天の神も地の神もないはずはないのに……どうして」の意。「愛しき」は、「いとしき」「かわいらしき」の意。「光る神鳴りはた娘子」の「光る神鳴り」は、「はた娘子」を起こす序詞。「はた」は、氏の名で秦氏とも考えられるが未詳。「携はり」とは、手に手を取りあうこと。「心違ひぬ」は、何の心の準備もできぬまま別れた、ないしは死んだということを表現している。「言はむすべせむすべ知らに」は、どうしようもなく途方にくれた状態をいう。「木綿だすき」は、木綿《ゆう》すなわち楮《こうぞ》の繊維で作ったたすきのこと。白いたすきがけで神に祈ったのである。「倭文《しつ》」は、日本古来の文《あや》織《おり》で、「幣」は神に捧げる供物なので、ここも神に祈る姿を表現しているのである。「な放けそと」は、私たち夫婦を引き離さないで下さい、ということである。「まきて寝し」の「まく」は枕にするということだから、腕を交わしあって寝たことを表現しているのである。「雲にたなびく」は、火葬の煙とするのが通説だが、妻の魂を雲としてとらえた、と考えても差し支えない。

「現《うつつ》にと」の「うつつ」は、現実のこと。夢の反対語と考えてよい。妻の腕をまく夢を見たのである。「思ひてしかも」の「てしか」は願望で、「も」は詠嘆だから、現実のことだと思いたいが、そうではないということだ。訳すと、こうなる。

〈現代語訳〉

死んだ妻を悲しんで作った歌一首〔併せてその短歌〕作者はいまだ詳《つまび》らかではない。

天の神地の神など　いないとでもいうのか――

いとおしい　わが妻は遠くへ去っていった

光る神鳴り　はた娘子《おとめ》と

手と手を取り合って　ともにいつまでも暮らしてゆこうと
思っていたのに　今やその思いは空しいものとなった
言葉にもならぬ　どうすることもできぬまま
木綿《ゆう》だすきを　肩に掛けて
倭文《しず》の幣を　手に持って
我ら二人を引き離さないで下さいと　私は祈った　祈ったけれど
手枕を交わしあって寝た妻　その妻の腕は……
今となっては雲となって空にたなびいているだけ

反歌一首

思えることとなら　うつつのことと思いたい――
夢の中のみで　妻と手枕を交わして寝る……と
夢を見るのも何ともやりきれないのだ

右の二首の歌を伝誦していたのは、遊行女婦の蒲生である。

（拙訳）

祝われるべき正月宴、それも閉宴に近くなって、妻を亡くした男の切ない思いを伝える歌を、どうして遊行女婦が歌ったのか？　理解に苦しむところである。

蒲生娘子の宴会芸

もちろん、われわれ万葉学徒も、頭が痛い。まず、前提として注意しておくべきことがある。それは、前の広縄の歌と、雷鳴繋がりであるということだ。つまり、雷鳴の歌から、雷鳴の歌が想起されたと考えてよいだろう。が、しかし。それでも、なぜ妻の死を悼む歌が、という疑問は残る。一つの説は、相聞（≒恋歌）、挽歌といっても、それは生者への恋歌か、死者への恋歌かの違いなので、恋としてここで歌われたと考えてもよいのではないかとする考え方だ〔久米　一九六一年〕。一方、天皇を讃える前の歌に触発されて、天皇のいる都を思い出した参会者たちは、都の妻への思いをはせ、その望郷の念を鋭くとらえた蒲生娘子が、妻への思いを述べた歌を歌ったとする説もある〔伊藤博　一九七五年b、初出一九五八年〕。つまり、妻を悼む歌で都の妻のことを思い出すように歌ったというのである。また、国司の通例の任期から考えて、家持の越中離任が迫っており、別れをテーマとして、かの挽歌が選ばれたとする説もある〔影山　二〇〇九年、初出二〇〇三年〕。

いろいろと説があって難しい。では、私はというと、こう考える。妻恋いの哀調を帯びた長歌と反歌が、多くは単身赴任であった国司たちの心に適うものであった、と考えたい。ただし、私は歌の内容は哀調があっても、場の雰囲気は明るいものであった、と推察している。というのは、そこは、遊行女婦の宴会芸であるから、あなたたち、もう都のおかあちゃんのことが恋しくなったのではありませぬかぁー、こんな歌を聞くとねぇ、くらいの感じで歌えば、そう暗くはならないだろう。したがって、私の理解は、久米、伊藤説に近いが、一同が望郷の念で感涙に咽《むせ》んだというようなことは考えない。また、家持の越中離任も意識されていたはずである。ということは、有力学説を、玉虫色に纏めただけということになるが、自説に独自性があるとすれば、蒲生娘子が挽歌を歌った気分のようなものを、終宴が近づく朝の気分と重ね合わせたところだと思う。

天平勝宝三年正月三日の宴の流れ

以下のような纏め方をすると、誤解を与える可能性が大きくなるではないかと、お叱りを受けると思うが、宴の流れと、そこにある気分のようなものを掬《すく》い取る方法として、三文小説風に纏めてみよう。

家持　やって来ましたよ。雪が腰まであって難儀しましたけれど。でも、やっぱり、

広縄　皆さんとの宴は楽しいですからね。
お見事！　じつにお見事。縄麻呂さんのご苦心の雪像。えぇっ、お宅では、この雪のなかに、なでしこの花が咲くんですね。家持さんが大好きな、なでしこの花が——。

蒲生娘子　見事に咲いている。それも、雪の庭の雪の立岩に咲いているなでしこ。ずっと、ずっと咲いていていてほしいわ。だって、皆さま方の頭にさしてあげたいんですもの。

こうして、宴たけなわとなり、夜も更けていった。その時、「私は、ここで」と帰り仕度をする者があらわれた。慌てた主人の縄麻呂は、女の声色で……。

縄麻呂　いいじゃあ、ありませんか。この雪じゃあ、帰れませんよー。鶏が鳴いたって、いいじゃありませんか。私の大切な大切なよい人を帰すもんですかー。

と歌った。主人の縄麻呂が歌ったからには、主客の家持が歌い返さねば。

家持　弱ったなぁー。縄麻呂さんは、そうきたかぁ。やはり、この雪じゃあ、帰るに帰れまい。それじゃあ、お言葉に甘えまして、飲み続けますかぁ。鶏はしきりに鳴くんですけれどもねぇ。

広縄　家持さん、よくぞご決断。私は家持さんが、恐れおおいお方に見えてきました。今日の家持さんは、ゴロゴロと鳴る雷さまより、恐れおおいお方だぁ。だって、家持さんのお墨付きがあれば……延長戦ができる。さぁ、飲み直しだぁー。

蒲生娘子　雷さまより、恐れおおいということでしたら、私の持ち歌に、いとしい妻との別れを歌う歌があって、妻のことを「光る神　鳴りはた娘子」という歌詞があるんですよ。ほんとうは、死んだ妻を悼む歌なんですけどね。でも、妻恋いの歌には違いありませんからね。歌いますよ。だって、皆さんは、都に帰れば、きれいな奥方が待っていらっしゃるでしょうからねぇー。こんな歌です……。

主人に引きとめられて、飲み直す。それが、主人に対する客の礼儀なのである。なぜならば、尽きぬなごりのある宴こそ、最高の宴なのだから。

第十章　宴のお開きにあたり

宴というものは、その終わり方も、大切です。というのは、終わり方が悪いと、悪い印象を残してしまうからです。万葉びとは、どのように宴をお開きにしたのでしょうか。考えてみたいと思います。

この無礼、死をもって償うべし

たのしくはじまった宴は、たのしく終わらせなければならぬ。じつは、不愉快な宴となってしまうと、古代宮廷社会においては、客に対する最大の無礼とみなされたのである。それは、死をもって償う必要もあるほどの無礼となった。『古事記』下巻の雄略天皇条に、次のような話がある。

天皇が、長谷《はつせ》（現・奈良県桜井市）の枝の生い茂った槻《つき》の木の下にいらっしゃって、酒宴をなさった時のことである。伊勢国の三重《みえ》の采女《うねめ》（地方出身者の下級の女官）が大御杯《おおみさかずき》を捧げ持って、天皇にお酒を献《たてまつ》った。

すると、その生い茂った木の枝から、葉が落ちて大御杯に入ってしまったのである。その采女は、落ち葉が杯に浮いていることに気付くことなく、そのまま大御酒《おおみき》を献上してしまった。天皇は、その杯に浮いた槻の葉をご覧になるやいなや、その采女を打ち倒すと、刃をその首先に当てて、なんと斬り殺そうとされるではないか。すると、采女は天皇に対して、こう申し上げたのである。「私めを殺すことなかれ！　申し上げたき儀あり」と。

言上した采女は、すぐに次の内容の歌を歌った。その歌は、宮を褒め、天皇の統治を褒め、槻の木は、天皇の大御代をことほぐものであることを歌い、杯に浮いた槻の枝は、国のはじまりを表しているのです。浮いた脂のごとき槻の葉は、水をこおろこおろとかき鳴らしてできたオノゴロ島のようで、これは、国のはじまりの神話と同じではありませぬか。むしろ、縁起のよいものですよと、見事に歌ったのである。

天皇は、そのあまりの見事さに、罪を赦した。すると、つられて大后も歌い出し、歌で天皇に酒を勧めたのであった。一転して、この宴をたいそう喜んだ天皇は、盛大な宴の様子を見て、自らが満足したことを歌って、采女の機転と、采女の歌の妙によって、すばらしい宴となったことを喜んだ。そうして、天皇は、三重の采女を誉めて、多くの褒美をつかわした、というのである。

話は、まるで子どものような雄略天皇、子どもっぽい性分を残すがゆえに偉大な点をもつ雄略天皇の人となり。そして、三重の采女の見事な機転。この二つに力点があるのだが、宴席での無礼は、時として死に価するとの考え方が、この物語の背景にあることは、間違いない。

実際に、宴というものは、人と人とが近しくなるだけに、逆に喧嘩も起こりやすく、時として修羅場と化すこともままある。一方、参会者の席次に頭を悩ませたことのある読者も、多いのではないか。宴をたのしく終わることも、難しいのだ。終わりよければ、すべてよしなのだから。

謝酒歌がなくては、宴は終われない

では、宴会をたのしく終えるためには、いったい何が必要なのだろうか。まず、第一に必要なことは、客を満足させなくてはならない。主人は、客を満足させるために、宴を催すわけであるから、客が酒食について満足し、歓を尽くしてこそ、ようやく閉宴となるはずである。今日でも、ご満足いただけましたかと、主人が重ねて聞くのは、そのためである。対する客は、当然、満足です、よかったです、すばらしかったです……と謝辞を申し述べる必要がある。これを歌で表すと、謝酒歌ということになろう(二七、三七頁)。すでに、第一章において、酒の造り手の労を讃えるタイプの謝酒歌について説明をしているので、ここでは、客が満足しましたということを主人に伝えるタイプの謝酒歌についてみてみよう。『古事記』応神天皇条に、次のような歌がある。

我酔ひにけり

又、秦造《はだのみやつこ》が祖《おや》・漢直《あやのあたひ》が祖と、酒を醸《か》むことを知れる人、名は仁番《にほ》、亦の名は須々許理《すすこり》等と、参《ま》ゐ渡り来たり。故《かれ》、是《こ》の須々許理、大御酒《おほみき》を醸《か》みて献《たてまつ》りき。是《ここ》に、天皇《すめらみこと》、是の献れる大御酒にうらげて、御歌《みうた》に曰《い》はく、

須々許理《すすこり》が　醸《か》みし御酒《みき》に
我酔《ゑ》ひにけり
事無酒《ことなぐし》　笑酒《ゑぐし》に
我酔《ゑ》ひにけり

如此《かく》歌ひて、幸行《いでま》しし時に、御杖《みつゑ》を以《もち》て、大坂《おほさか》の道中《みちなか》の大《おほ》き石《いは》を打てば、其の石、走り避《さ》りき。故《かれ》、諺《ことわざ》に曰はく、「堅石《かたしは》も酔人《ゑひひと》を避《さ》る」といふ。

（『古事記』中巻、応神天皇条）

これは、『古事記』中巻の応神天皇条に登場する謝酒歌の例である。応神記には、新羅から多くの人びとが渡海してきたこと、百済国王が、馬や大刀、鏡、さらには、賢人を献上した記事が収められている。和邇吉師《わにきし》は、『論語』十巻、『千字文』一巻、合わせて十一巻をもたらし、これを日本に広めた。鍛冶技術者の卓素《たくそ》や、呉《くれ》出身の織女の西素《さいそ》も、日本にそのすぐれた技術を伝えた、と記されている。

また、百済王が派遣した渡来人とは別に、自ら大和朝廷に馳せ参じた人物のことも記されている。そのなかに、酒造りの名人たる須々許理もいた。

「事無酒《ことなぐし》」は、事の無くなる「酒（＝くし）」ということで、ここでいう「事」とは、災いのこと。だから、災いがなくなる酒ということになる。形容詞「くし」は、霊威を感じさせる不思議な力を有していることを表す。だから、霊威のある酒についても、「くし」と称するのである（二二頁）。「笑酒《ゑぐし》」は、飲むと笑いたくなる酒だから、たのしくなる、よい酒ということになる。それが、須々許理が造った酒であった。訳してみよう。

〈現代語訳〉

さらに、秦造《はだのみやつこ》の祖先たる漢直《あやのあたい》の祖先と、また酒の醸造をよくする者で、名を仁番《にほ》という者、またの名を須々許理《すすこり》という者たちが渡来してきたのです。そして、かの須々許理は、御酒を造って献上してきたのでした。その時、天皇は、かくなる献上された御酒をきこしめして、たいそう愉快な気分になって、お歌いになっていうことには、

須々許理が　醸し造った酒に
私はすっかりと酔ってしまったぞ
つつがなく天下泰平となる酒　すなわち笑いをさそう酒に
私はすっかりと酔ってしまったぞ

とお歌いになりましたとさ。

このように歌って行幸なさった折に、その天皇様の杖で、河内と大和を繋ぐかの大坂の

道の真ん中にあった大きな岩を打つと、その岩は走り去ってゆきました。かくなる故をもって、諺の一つに「堅き岩さえ名酒に酔った人を避けるものだ」という諺があるのですね。

（拙訳）

神のみ酒を

まず、天皇は、この酒が、渡来人・須々許理の優れた新技術によるものであることに言及し、「我酔ひにけり」と歌う。ここが重要で、私は充分に酔いましたということが、最大の謝辞なのである。そして、その酒を飲むことで、心は平安、天下は泰平となって、笑みがこぼれると歌っているのである。こんなすばらしい酒を飲むと、道を塞ぐ大きな岩も、自ら動いて、走り去ったという伝承もついている。この伝承は、酒の力を讃えるものであろう。同様のタイプ、すなわち私は酔いました型の謝酒歌は、『常陸国風土記』香島の郡条にもあり、

あらさかの　神のみ酒《さけ》を
たけたけと　言ひけばかもよ

吾《わ》が酔《ゑ》ひにけむ

（「常陸国風土記」香島の郡条、植垣節也校注・訳『風土記（新編日本古典文学全集）』小学館、一九九七年）

という歌もある。少し言葉の説明をしよう。「あらさかの」酒とは、新たに醸造した酒で、「さか」は栄えることであろうから、「新しくも栄《はえ》ある酒」ということになろうか。「神のみ酒」という表現は、神が造ったということ、さらには神から賜ったということの二つの内容を含んでの表現であり、祭りの日の特別の酒であることを表す表現である。「たげ」は「たいらげる」で、飲むことをいっていると考えれば、ここでは「たげたげ」（飲め飲め）と勧めるということになろう。訳してみると、

〈現代語訳〉

新しく　醸造したまさに栄えある酒　その神酒を

飲め　飲めと　勧められて飲んだからねぇ――

俺さまはすっかり酔ってしまったぞ

（拙訳）

この歌は、常陸の香島神宮の四月十日の祭りに、そのいわば氏子にあたる卜部《うらべ》氏の男女が、日夜歌って騒ぐ時の歌と記されている。このように、十二分に、客が満足しないかぎり、宴というものは、果てしなく続くものだったのである。

宴を途中で抜ける時は

以上見てきたように、宴の主催者である主人は、客が、もう許して下さいよ、酔いましたからと降参するまで、家に帰してはくれないものなのである。送り歌といっても、それは引き止め歌で、飲み直して下さいという歌になる場合が多いのである（一八七〜一八八頁）。立ち歌といっても、わかりました、飲み直しましょうという歌になる場合が多いのである。こういう主人と客との押し問答の末に、ようやく終わるのが、宴というものなのであって、鶏が鳴いて朝になりましたから、さぁ帰りましょうというものではないのである。

しかし、どうしても、早く帰りたい時だってあるだろう。そういう時は、宴の場の雰囲気を壊さずに、うまく帰る必要がある。だから、なかなか難しい。太宰府でのこと、山上憶良は、自分が宴を早めに辞去するにあたり、次のように歌った。

山上憶良臣《やまのうへのおくらおみ》、宴《えん》を罷《まか》る歌一首

憶良らは　今は罷らむ
子泣くらむ　それその母も
我《あ》を待つらむそ

（巻三の三三七）

言葉について、少し説明するとこうなる。「憶良らは」の「ら」は、接尾語で、卑下を表す。「憶良らは」と自らの名を自分で言うことは、謙遜の気持ちを表すことになる。「今は罷らむ」の「今」は、宴たけなわの「今」、つまり、こんな宴たけなわの時に中座するのも、申し訳ありませぬが……という気持ちが込められているとみなくてはならない。「罷る」は、自分より身分の高い人のところから退出することを表す。「それその母も」の「それ」は、言葉を発して語りはじめることを表す言葉で、さまざまに解釈できるが、「それ、おそらくは」とか「それ、第一に」というような意味に取るのがよいだろう。「我を待つらむそ」の「らむ」は、現在推量の助動詞で、「待っ、て、い、る、だ、ろ、う」という状態を表している。以上を踏まえて訳すと、こうなるか。

〈現代語訳〉

山上憶良臣が宴会から退出する時の歌一首

憶良のような者は　もう失礼致しましょう
家では子どもが泣いておりますし　その子の母も……
私を恋しがって待っていることでしょうから

（拙訳）

宴というものに招かれたら、元来朝まで飲むのが礼儀で、最後まで残るのが礼儀なのである。したがって、個人の都合で、中座するというのは、マナー違反なので、こう下手に出る必要があるのである。時に憶良は七十歳。乳飲み子がいるとは考えにくく、このように自己卑下して、道化師の笑いを取って、退出したのである。苦労人、憶良は、こうして、早引けしたのである。

いよいよ、お別れの時は……

引き止めて引き止めて、飲み直して飲み直して、宴は終わるものであった。いわば、主人と客との激しい攻防戦の末に終わるものなのであった。

、では、その宴が、ほんとうに終わる時は、どういう時であるかといえば、主人が客の帰り道に言及した時である。帰り道、帰りの旅路は、気を付けて下さいねと歌ってはじめて、宴は終わるのである。

時は、天平二年（七三〇）の六月に遡る。この年、九州・太宰府にいた大伴旅人は、一時危篤に陥った。脚にできた腫れもので、床に伏せっていたのである。そして、ついに遺言を託す必要すら生じる事態となったのである。旅人は、腹違いの弟・大伴稲公《いなぎみ》と、甥・大伴胡麻呂《こまろ》を、わざわざ平城京から呼び寄せたのであった。しかし、幸いにも、旅人は回復し、稲公と胡麻呂は、平城京に戻ることになった。そこで、はるばる九州・太宰府にまでやって来た稲公と胡麻呂を、大伴宿禰百代《ももよ》、山口忌寸若麻呂《わかまろ》、さらには旅人の子・家持が、夷守《ひなもり》という場所の駅家《やくけ》まで送り、送別の宴が持たれたのである。その折に、こんな歌を歌って二人を送ったとある。

大宰大監《だざいのだいけん》大伴宿禰百代《ももよ》等、駅使《やくし》に贈る歌二首

草枕　旅行《ゆ》く君を
愛《うるは》しみ　たぐひてそ来《こ》し
志賀《しか》の浜辺《はまへ》を

右の一首、大監大伴宿禰百代

周防《すはう》なる　磐国山《いはくにやま》を
越えむ日は　手向《たむけ》よくせよ
荒《あら》しその道

右の一首、少典山口忌寸若麻呂《せうてんやまぐちのいみきわかまろ》

以前は、天平《てんぴやう》二年庚午《かうご》夏六月に、帥大伴卿《そちおほともきやう》、忽《たちま》ちに瘡《かさ》を脚に生《な》し、枕席《しんせき》に疾苦《くるし》ぶ。これに因りて馳駅《ちやく》して上奏し、庶弟稲公《ままおとひといなぎみ》・姪胡麻呂《をひこまろ》に遺言を語らまく欲《ほ》しと望《ねが》ひ請ふ。右兵庫助《みぎのひやうごのすけ》大伴宿禰稲公《おほとものすくねいなぎみ》・治部少丞《ぢぶせうじよう》大伴宿禰胡麻呂《こまろ》の両人に勅《みことのり》して、駅《はゆま》を給《たま》ひて発遣《さしつか》はし、卿の病《やまひ》を省《とりみ》しめたまふ。しかるに、数旬《すじゆん》を経て、幸《さきはひ》に平復すること得たり。時に、稲公ら、病すでに療《い》えたるを以《もち》て、府を発《た》ち京《みやこ》に上《のぼ》る。ここに、大監大伴宿禰百代・少典山口忌寸若麻呂また卿の男家持《こやかもち》ら、駅使《やくし》を相送り、共に夷守《ひなもり》の駅家《やくけ》に至る。聊《いささ》かに飲みて別れを悲しび、乃《すなは》ちこの歌を作る。

（巻四の五六六、五六七）

少し言葉の説明をしておこう。「愛しみ」は、「慕って」「いつくしんで」の意。「たぐひてそ来し」の「たぐひ」は、「寄り添い合って」の意である。「志賀の浜辺」は難しい。志賀は福岡市東区の志賀島のことだが、太宰府から陸路を取って東に帰るのに志賀島を通るはずはない。とすれば、志賀島を望む、海岸を指すとみねばなるまい。

「周防」は、現在の山口県東南部をいう。「磐国山を越えむ日は」の「磐国山」は、山口県岩国市のどこかの山ということになる。ただし、具体的には不明というほかはない。

「手向」は、旅の安全祈願のため「道の神」に捧げ物をすること。当然、難所の神に手向けするのである。「荒しその道」は、旅人のゆく道を心配して、その道の難しさをいうのである。以上を踏まえて訳文を示すと、こうなる。

〈現代語訳〉

大宰大監《だざいのだいげん》である大伴宿禰百代らが、駅使《やくし》に贈った歌二首

旅立つあなた方を
お慕い申しあげまして　お伴してここまで参りました
この志賀の浜辺を

右の一首は、大監大伴宿禰百代の歌である。

周防《すおう》の国にある　磐国山《いわくにやま》を
越えられる日は　ねんごろに手向けをして下さいよ
あの道は険しい道なのですから
右の一首は、少典《しょうてん》山口忌寸若麻呂の歌である。
以上の二首は、天平二年六月のこと。大宰帥大伴旅人卿《おおともたびとさきょう》が思いがけなくも足に腫瘍を生じてしまい、病床で悩み苦しんだ時の歌である。そこで、特別のはからいを賜るように朝廷に奏上をなし、駅の早馬を利用させてもらい、腹違いの弟の稲公と、甥の胡麻呂とに大宰府に西下してもらって、遺言をしたい、と旅人は願ったのであった。こうして、朝廷は、右兵庫助《みぎのひょうごのすけ》大伴宿禰稲公と治部少丞《じぶしょうじょう》大伴宿禰胡麻呂の二人に対し、ありがたくも勅命を下して、駅鈴《えきれい》を賜って出発させ、旅人卿の見舞いに赴かせられたのであった。ところが、数十日経って、幸いにも傷が治った。そこで、稲公らは旅人卿の病気が治ったというので、大宰府を発って奈良の都に戻ることになった。というわけで、大監大伴宿禰百代、少典山口忌寸若麻呂、そして旅人卿の子である家持らは駅使を送って、一緒に夷守《ひなもり》の駅まで送って行ったのであった。以上の理由から、取り敢えず、ささやかな酒宴をして別れを悲しみ、これらの歌を作ったのである。

（拙訳）

時に、家持十三歳。不安な思いで、わざわざ太宰府まで来てくれた同族の稲公と胡麻呂を見送ったことだろう。大切な客を、道中を伴にして送ってゆくことは、当時としては当たり前の行為であった。この時は、夷守《ひなもり》という駅まで送っていったのである。一行は、ここで送別の宴をなし、平城京に戻る二人を送ったのである。そこで、大伴百代は、お二人と別れ難く、志賀の浜辺までやってまいりましたと歌い、別れを惜しんだのである。続く山口若麻呂は、磐国山は難所ですからね、土地の神さまによく手向けをして下さいね、と前途を案ずる歌を歌ったのであった。こういう送り歌が歌われると、宴はいよいよ、お開きとなるのである。暗いから月の出を待って、その月の明かりでお帰りなさい（巻四の七〇九）。次にみる、風が強いから気をつけて帰りなさいなどという歌が歌われると、宴はさすがに終わりとなる（巻六の九七九）。

宴の名残りを惜しむということ

宴は、たのしければ、たのしいほど、人はその名残りを惜しむものなのである。次の歌などは、宴の歌とは明示されてはいないけれども、終宴の歌と考えてよく、大伴坂上《おおとものさかのうえの》郎女《いらつめ》が、自らの住まいである佐保の宅に、甥の家持を迎えて一席を設け、その帰り際に家持に与えたと考えられる歌である。家持は、この一首を胸のうちに秘め、宴を辞して、自らの住む西の宅へと帰ったものと思われる。次なる一首をもって、本書の名残りを留めよう。なお、佐保は、平城京北郊外のうち、東地域のことである。

大伴坂上郎女《おほとものさかのうへのいらつめ》、姪《をひ》家持の佐保《さほ》より西の宅《いへ》に還帰《かへ》るに与ふる歌一首

我が背子《せこ》が　着る衣《きぬ》薄し
佐保風は　いたくな吹きそ
家に至るまで

（巻六の九七九）

〈現代語訳〉

大伴坂上郎女が、甥の家持が、佐保から西の自宅に帰るにあたり与えた歌一首

この子の　着ている衣は薄いんだよ
佐保風よ　ひどくは吹かないでおくれよぉ
家に帰り着くまではね――

（拙訳）

エピローグ——宴の文化論

ここに一冊の本がある。リチャード・ランガム『火の賜物』（依田卓巳翻訳、NTT出版、二〇一〇年）という本である。本書は、火というものを人類が手に入れることによって、どのような人類史上の発展がみられたか、ということをわかりやすく説いた本である。ランガムは、人類は火を手に入れることによって、野獣との生存競争に打ち勝ったことを説く。つまり、捕食関係にあったライオンや虎などの大型獣に打ち勝つことができるようになったのである。夜、火を囲んで寝ることによって、人類ははじめて身の安全をはかることができるようになったのである。

と同時に、熱処理することによって、それまで食料とならなかった植物から栄養を摂取することができるようになった。こうして、胃袋は小さくなり、脳が発達したというのである。さらには、火を囲んで、コミュニケーションを取り合う技術が発達し、音楽や言語が発達する契機となった、と説く。

火を囲み、食を伴にしてコミュニケーションをはかるということなら、それは宴ということになろうか。文化というものは、国、言語圏、地域、宗教によって個別性のあるものであるが、いずれの文化においても共通するのは、言語や歌、家族である。文字なき社会は存在するが、言語なき社会は存在しない。家族のない社会はない。家族のかたちは異なっても。そうすると、歌のない社会とか、宴のない社会も、地球上に存在しないと断言できる。

いささか、大上段に構えて、エピローグを書きはじめてしまったが、私が言いたいのは、宴の文化が、個別性と伴に、時代や地域を超えた普遍性をも持っていることなのである。

さまざまな宴の文化論

宴の文化論は、さまざまな学問分野からアプローチされている。民族学・文化人類学・民俗学の諸学問、すなわち基本的にはフィールド・ワークによって、文化の普遍性と個別性を追究しようとする学問は、次の点に強い関心を持った。一つは、宴によって、いかに共同体が形成されるか。また、宴に表象される社会性をどう読み取るか、研究者たちは、必死に考えた〔伊藤幹治　一九八四年及び一九八六年〕〔渡邊　一九八六年〕。その研究は、宴によって結ばれる人と人、その宴が象徴している社会構造を、個別のフィールド・ワークから導き出した研究であったと総括することができる。そして、宴を動態として捉え、そのダイナミックスを明らかにする研究だったといえよう。

対して、日本の祭りの宴が持っている型（構造、しきたり）こそ、日本文化そのものであるという立場から、研究を進めた人びとがいた。折口信夫は来訪する神と、神を迎える人びとの関わりから、文学をはじめとする芸術の発生を考えようとした。有名なマレビト論がそれにあたる〔折口　一九九五年a（初版一九二九年）、b（初版一九二九年）、c（初版一九三〇年）〕。神から与えられる言葉、神に献上される言葉が、毎年繰り返される祭りのなかで、磨かれて、一つの定型を持った詞章が生まれ、それが言葉の美を追求する文学の発生を促したとする考え方である。この神祭りと直会との関係を広く文献を渉猟して分析し、そこに宴の構造を見ようとした学者に、倉林正次がいる。彼は、神迎え→神祭り（神と人との宴）→神送り→直会（神祭りに奉仕した人びとのための宴）という構造を、文献とフィールド・ワークによって明らかにしたのであった〔倉林　一九八七年a（初版一九六五年）、b（初版一九六九年）〕。まさに、型の儀礼文化学である。

一方、文学研究はといえば、本書においてたびたび引用したように、宴の構造を念頭に置きつつ、その節目節目で歌われる歌に、一定の型があることを次々に発見していった〔土橋　一九八〇年、初版一九六八年〕〔真鍋　二〇〇三年〕〔森淳司　一九八五年〕〔永池　一九九七年〕。

対する歴史学は、次のような観点から宴を研究しようとしている。それは、政治・経済史だけでは語ることのできない人間の営みを明らかにしようとする観点からの研究である。私にいわせると、歴史学の宴の研究は、「柔らかな歴史学」とでもいうべきもので、アラン・コルバンや網野善彦らの影響を受けた中世史の宴の研究は、贈答の習慣や宴が果たした社会的役割を浮かび上がらせている〔盛本　二〇〇八年〕。一方、古代史家たちは、宮廷社会の秩序というものが、宴にどのように投影されているかということを追究して、古代宮廷社会における宴のあり方を論じている〔榎村　一九九九年及び二〇〇三年〕〔神谷　一九九一年〕〔志村　二〇一〇年〕〔中山　一九八四年〕〔西本　一九九七年〕〔山下　一九九四年〕。

本書のめざしたもの

では、本書の目的としたところは、いったいどこにあったのか。それは、次の一点に尽きる。『万葉集』に登場する宴の歌のありようを、最新の研究を踏まえて、わかりやすく示すところにあった。すると、資料的制約から明らかにできるのは、七世紀後半から八世紀後半の宮廷社会における宴の研究ということになる。しかも、自らの学力の及ぶ範囲に限られるが……。そこから見えてきたのは、〈宴の型〉と〈宴の歌の型〉であったわけだが、その型は型どおりに継承されてゆくものであったかというと、そうではなかった。宴というものは、その時々で目的も違えば参会者も違う。時々の時代性も反映されるものである。たとえ同じ参会者が集ったとしても、昨日の私と今日の私は違うわけだから、まさに一期一会だ。しかも、宴たけなわともなれば、そこは何でもありの世界。私は、現在、宴を構成する部分要素を、次のように考えるに至った。

① 型を守る部分（不変性）……第一章、第十章
② 型のなかにある変更可能な部分（可変性）……第五章、第六章
③ 型そのものを破る部分（逸脱性）……第七章、第八章

①は乾杯などの形式や儀式、②は個々人の工夫で行う趣向、③は型破りの乱痴気騒ぎと考えると、わかりやすいかもしれない。

万葉びとの宴

では、文学研究の宴は、どこから考察を進めるべきなのか。

それは、宴の歌の表現の意図を探るところからはじまる。一つ一つの宴は個別なものでありながらも、一つの型を持っている。そのなかで、万葉びとは、どのように自らの思い

を、歌で表現しようとしているのか？　七世紀後半から八世紀後半の宮廷社会を生きた人びとは、いったいどのように宴を楽しんだのか？　宴が一期一会なら、表現も一回一回違うはずだ（歌表現の一回生起的性格）。私は、まず『古事記』『日本書紀』の宴の歌から、そこに認められる宴の歌の型を、読者に伝えようとした。そして、個別の宴の個別の歌表現の分析を行ったのである。いささか、奇異に感じた読者も多かったと思うが、私は千三百年の時空を越えて、個別の宴に潜入したかのごとき記述スタイルをとって、宴とその歌との関係を分析していったつもりである。

そこで私は、各章を次のように総括し、終宴の辞としたいと思う。

▽大后と太子と忠臣の宴（第一章）
▽天皇と臣下たちが、その天下泰平を祝う宴（第一章）
▽宮廷社会を歌の力で生き抜いた額田王の至芸が披露された宴（第二章）
▽太宰府・大伴旅人宅に集った天平知識人たちの梅見の宴（第三章）
▽万葉終焉歌が歌われた郡司をもてなした宴（第四章）
▽雪かきを口実に集った重臣たちの宴（第五章）
▽「ほよ」でことほいだ天平勝宝二年の越中での正月宴（第六章）

▽国司の同僚宅での、たのしい新年会の宴（第六章）
▽大伴一族が氏上の家持の宅に集った新年会の宴（第六章）
▽平城宮東院庭園で行われた白馬節会の宴（第六章）
▽右兵衛なるまるで芸人のような宴会男が活躍した官人たちの夏の宴（第七章）
▽シュールな歌が飛び出た舎人親王の宴（第七章）
▽巻十六に収められている「おはこ」の歌が歌われた宴（第八章）
▽天平勝宝三年の内蔵忌寸縄麻呂宅での趣向を凝らした宴（第九章）
▽采女の機転で盛会となった宴（第十章）
▽渡来人の造った酒を応神天皇が誉めた宴（第十章）
▽危篤の大伴旅人を見舞った人びと（駅使）を送る宴（第十章）

これらの宴は、古代宮廷社会で行われた宴のひとこまでしかないのだが、それもまた、古代生活の一断面だと、私は考えている――。

あとがき

どうすれば、たのしい宴会ができるのか？　それが、問題だ。

三年前、私の研究室にタコ焼き器がやって来た。卒業生たちが寄贈してくれたのだ。ここは、奈良大学。大阪人も多く、コナモンには、皆うるさい。コナモンとは、タコ焼きやお好み焼き、焼きソバなどの総称のことである。始末が悪いのは、各自の家の、各自のやり方が一番だと考えているので、タコ焼きを焼きはじめると、次は私の家のやり方で焼きます。では、その次はわが家の……とたいへんなのだ。昨夏も、このタコ焼き器が大活躍した。

奈良大学には、通信教育部という学部が設置されている。通信制なので、日ごろは、各家庭で教材学習をしているのだが、スクーリング科目という科目もある。つまり、この時だけは、大学で、対面授業をするのである。私が担当しているのは、スクーリング科目の「神話伝承論」だ。三日間の集中講義で、古事記神話を全部読むのだが、早朝から夕方まで続く座学。そのあとの質疑応答。夜はレポート作成と続く。それに、二日目には、実地踏査まである。昨夏は、八月九日～十一日だった。二日目の午後は、猛暑三十六度の平城宮跡も歩いた。だから、分刻みで授業は進行してゆくことになる。私も、スクーリング生も、全力投球の三日間なのだ。昨夏は百八名。八十一歳から十八歳。北は北海道、南は鹿児島から、さまざまな学生さんが集った。

このスクーリングの手伝いをするのが、私のゼミナールの学生たちで、昨年は十三名が、スクーリングのお手伝いをしてくれた。ようやく、スクーリングが終わると、やはり打ち上げをしなくては……。ここでタコ焼き器の出番とあいなった。いつものあの大騒ぎ。もうこれ以上は、食べられませんというほど、タコ焼きを食べ、歌いもし、ゲームもし、踊りもして、四時間半。夜も十一時近くなって、ようやくのお開きである。

翌日、幹事の南加奈恵、伊藤美稀の両名が来て、会計報告があった。私は、眼を丸くした。ひとりあたりの経費……七百四十一円也とある。私は思わず、

おい！　そんなもんで、足りとるんかぁ！

と叫んだ。すると、二人はやはり関西人、「いけますすよ。せんせー。自分たちで焼いた

タコ焼きパーティー会場の黒板に描かれた絵。これも千年後の資料となるはず……

ら。これくらいの金額で」とさらりと言う。昨夏の、たわいもない身内の宴の話をもって、本書の擱筆《かくひつ》の言に代える。

上梓を宴に譬えるなら、開宴の準備から、後片付けまでの面倒をみられた講談社の井本麻紀氏には、あるじの私から酒を勧めたい。また、執筆について、多大のご支援を賜った、小山新造、今井昌子、和田萃、佐伯恵果、島本郁子、大場友加、藤原亨和、若林亜美の各氏には、感謝の念をもって、あるじとして送り歌を歌ってお見送りしたい気分だ。拙なき一書ではあるが、これをもって終宴。感謝。重ねて多謝……。

タコ焼き器のある研究室にて　主人敬白

二〇一四年卒業生謝恩会の宴の日に

『古事記』『日本書紀』『万葉集』『古今和歌集』『琴歌譜』の引用について

本文中の『古事記』『日本書紀』『万葉集』『古今和歌集』『琴歌譜』については、次の文献を用いたが、一部私意により改めたところがある。

山口佳紀、神野志隆光校注・訳『古事記（新編日本古典文学全集）』小学館、一九九七年
小島憲之他校注・訳『日本書紀①（新編日本古典文学全集）』小学館、一九九四年
小島憲之他校注・訳『萬葉集①（新編日本古典文学全集）』小学館、一九九四年
小島憲之他校注・訳『萬葉集②（新編日本古典文学全集）』小学館、一九九五年
小島憲之他校注・訳『萬葉集③（新編日本古典文学全集）』小学館、一九九五年
小島憲之他校注・訳『萬葉集④（新編日本古典文学全集）』小学館、一九九六年
小沢正夫・松田成穂校注・訳『古今和歌集（新編日本古典文学全集）』小学館、一九九四年
土橋寛・小西甚一校注『古代歌謡集（日本古典文学大系3）』岩波書店、一九六七年　※『琴歌譜』は小西担当。

本書を読むための年表

※この年表は、本書を読むためのものであり、一般的な年表ではありません。したがって、記事の取捨選択は、極めて恣意的です。本年表は、本書に登場する歴史記事を時系列を追って確認するためのツールと考えて下さい。「家持年齢」は、大伴家持の年齢です。

西暦	天皇	年号	月	家持年齢	事項
六四六	孝徳	大化二	一月		朝賀記事の初見。『日本書紀』大化二年正月条。〈第四章〉
六六三	天智	天智称制二			白村江の戦いで大敗。
六六七		六			近江大津宮に遷都。
六六八		天智七			蒲生野に遊猟。蒲生野にて、大海人皇子と額田王、歌を贈答する（巻一の二〇、二一）。額田王の春秋競憐歌（巻一の一六）も、この頃か。〈第二章〉
六七二	天武	天武一			壬申の乱。大友皇子薨去。飛鳥浄御原宮に遷都。
六九四	持統	持統八	十二月		飛鳥から藤原京に都が遷される。
七〇二	文武	大宝二	二月		大宝律令施行。
七〇八	元明	和銅一			平城の地に都を遷すことが決められ、平城遷都詔が発せられる。和同開珎が発行される。
七一〇		三	三月		平城京遷都。
七一二		五	一月		太安万侶が『古事記』を謹上する。
七一八	元正	養老二		一歳	大伴家持生まれる。
七二〇		四	五月	三歳	舎人親王らが『日本書紀』を謹上する。
七二四	聖武	八	二月	七歳	聖武天皇即位。改元（神亀元年）。

七二八		神亀　五		十一歳	大伴旅人、任地太宰府において最愛の妻・大伴郎女を亡くす。
七三〇		天平　二	一月	十三歳	十三日、太宰府、大伴旅人宅の梅花歌三十二首（巻五の八一五～八四六）。〈第三章〉
			六月		大伴旅人、一時危篤。大伴百代が駅使に贈る歌（巻四の五六六）、山口若麻呂が駅使に贈る歌（巻四の五六七）。〈第十章〉
			七月		十日、吉田宜、旅人宛てに書簡歌を贈る（巻五の八六四、八六五）。〈第三章〉
					冬、大伴旅人の大納言昇進、平城京帰任。
					この年以前、山上憶良の宴を罷る歌（巻三の三三七）。〈第十章〉
七三三		五		十六歳	大伴坂上郎女、家持に与える風の歌（巻六の九七九）。〈第十章〉
七四〇		十二	十二月	二十三歳	久邇京遷都。
七四一		十三		二十四歳	国分寺・国分尼寺の建立の詔が出る。平城京の東西二市が、久邇京に移される。
七四二		十四	八月	二十五歳	天皇、紫香楽宮に行幸、以後再三同地に行幸。
七四三		十五	十二月	二十六歳	久邇京造営中止。
七四四		十六	二月	二十七歳	二十四日、天皇、紫香楽宮行幸。二十六日、難波を都と定む。
七四五		十七	一月	二十八歳	家持、従五位下。
			五月		都が平城京に戻ってくる。
七四六		十八	一月	二十九歳	元正太上天皇御在所の雪掃きと肆宴（巻十七の三九二二～三九二六）。〈第五章〉
			閏七月		家持、越中に国司として赴任する（巻十七の三九二七～三九三〇）。

七四八		二十	四月	三十一歳	二十一日、元正太上天皇没（六十九歳）。
七五〇	孝謙	天平勝宝二	一月	三十三歳	二日、家持、越中国庁にて諸郡司を饗応（巻十八の四一三六）。五日、広縄宅で賀宴（巻十八の四一三七）。〈第六章〉
七五一		三	一月	三十四歳	二日、家持、越中の家持宅にて諸郡司を饗応（巻十九の四二二九）。三日、内蔵縄麻呂宅で賀宴、雪像の趣向を楽しむ（巻十九の四二三〇～四二三七）。〈第九章〉
七五二		四	四月	三十五歳	東大寺大仏の開眼供養会が行われる。
七五四		六	一月	三十七歳	四日、家持宅での新年会（巻二十の四二九八～四三〇〇）。七日、白馬節会の安宿王の歌（巻二十の四三〇一）、『続日本紀』正月七日条。〈第六章〉
七五七		天平宝字一		四十歳	平城宮改修のため、天皇は一時藤原仲麻呂邸に移る。養老律令施行。橘奈良麻呂の乱が起る。
七五八		二	一月	四十一歳	六日、家持、白馬節会のための預作歌ほか（巻二十の四四九四、四四九五）。〈第六章〉
七五九	淳仁	三	一月	四十二歳	一日、家持、因幡国庁で国郡司らに饗す。万葉終焉歌（巻二十の四五一六）。〈第四章〉
七六四		八	一月	四十七歳	家持、薩摩守。
七六七	称徳	天平神護三	二月	五十歳	東院に天皇が行幸し、出雲国造の神賀詞奏上の儀式を行う。
七六七		神護景雲一	八月	五十歳	二十九日、家持、大宰少弐。
七七〇		四	九月	五十三歳	十六日、家持、左中弁兼中務大輔。
七七二	光仁	宝亀三	十二月	五十五歳	彗星があらわれ、楊梅宮で斎会が行われる。

七七三		四	二月	五十六歳	楊梅宮が完成する。
七七五		六	一月	五十八歳	楊梅宮安殿にて、白馬節会が行われる。〈第六章〉
七七七		八	六月	六十歳	楊梅宮の南の池で、一本の茎に二つの花をつけた蓮が咲く。
七八〇		十一	二月	六十三歳	家持、参議となる。
七八二	桓武	天応 二	六月	六十五歳	家持、春宮大夫兼陸奥按察使鎮守将軍。
七八四		延暦 三	十一月	六十七歳	長岡京遷都。
七八五		四	八月	六十八歳	二十八日、家持没。
七九四		十三	十月		平安京遷都。
八一〇	嵯峨	弘仁 一			『琴歌譜』原本成立か。
八二四	淳和	天長 一	七月		平城上皇没す。楊梅陵に葬られる。

参考文献

ア

相磯貞三　一九四三年『記紀歌謡新解』厚生閣、初版一九三九年

――　一九七〇年『記紀歌謡全註解』有精堂出版、初版一九六二年

青木周平　一九九四年「三輪神宴歌謡からみた大物主神伝承像の形成」『古事記研究―歌と神話の文学的表現―』おうふう、初出一九七九年

青木生子　一九九七年『萬葉集全注　巻第十九』有斐閣

阿部真司　一九九一年「大物主神と三輪山伝承」『高知医科大学一般教育紀要』第七号所収、高知医科大学

阿部　猛　一九九五年『万葉びとの生活』東京堂出版

阿部猛・義江明子・相曽貴志編　二〇〇三年『平安時代儀式年中行事事典』東京堂出版

天野　武　二〇〇二年「酒宴にまつわる民俗」『西郊民俗』第百八十一号所収、西郊民俗談話会

池田弥三郎　一九六六年『文学と民俗学』岩崎美術社

石橋四郎編　一九七六年『和漢酒文献類聚』(復刻)第一書房、初版一九三六年

泉谷康夫　一九七六年「崇神紀の三輪伝承について」柴田實先生古稀記念会編『日本文化史論叢』所収、柴田實先生古稀記念会

伊藤　博　一九七五年a「園梅の賦」『万葉集の歌人と作品(下)古代和歌史研究4』塙書房、初出一九七一年

――　一九七五年b「歌の転用」『万葉集の表現と方法(上)古代和歌史研究5』塙書房、初出一九五八年

――　一九九八年『萬葉集釋注』第九巻、集英社

伊藤幹治　一九八四年『宴と日本文化―比較民俗学的アプローチ―』中央公論社

―― 一九八六年「宴の世界」『日本の美学』第八号所収、ぺりかん社
伊藤幹治・渡辺欣雄 一九七五年『宴 ふぉるく叢書6』弘文堂
井上 薫 一九六二年「大三輪神社と神酒」『続日本紀研究』第九巻第四・五・六合併号所収、続日本紀研究会
岩田大輔 二〇一〇年「崇神紀における三輪神宴歌の意義―紀一五番歌を中心に―」『古代文学』第五十号所収、古代文学会
上野 理 一九九〇年「記・紀の酒宴の歌―酒楽の歌をめぐって―」『比較文学年誌』第二十六号所収、早稲田大学比較文学研究室
上野 誠 二〇〇〇年『万葉びとの生活空間―歌・庭園・くらし―』塙書房
―― 二〇〇一年『芸能伝承の民俗誌的研究―カタとココロを伝えるくふう―』世界思想社
―― 二〇〇三年「万葉びとの生活―解釈・復原・記述―」中西進編『万葉古代学』所収、大和書房
内田賢徳 一九九九年「綺譚の女たち―巻十六有由縁―」高岡市万葉歴史館編『伝承の万葉集』所収、笠間書院
榎村寛之 一九九九年「飲食儀礼からみた律令王権の特質」『日本史研究』第四百四十号所収、日本史研究会
―― 二〇〇三年「天皇の饗宴」網野善彦他編『岩波講座 天皇と王権を考える』第九巻（生活世界とフォークロア）所収、岩波書店
大久保正 一九八一年『日本書紀歌謡』講談社
大久間喜一郎 一九七六年「記紀歌謡の詩形と大歌―琴歌譜「酒坐歌」を軸として―」『上代文学』第三十八号所収、上代文学会
大久間喜一郎・居駒永幸編 二〇〇八年『日本書紀〔歌〕全注釈』笠間書院
大濱眞幸 一九九一年「大伴家持作『三年春正月一日』の歌―『新しき年の初めの初春の今日』をめぐって―」吉井巖先生古稀記念論集刊行会『日本古典の眺望』所収、桜楓社
―― 一九九五年「大伴家持の年中行事詠―初子・青馬節会歌を中心に―」『国文学』第七十三号所収、関西大学国文学会
岡田精司 一九七〇年『古代王権の祭祀と神話』塙書房

岡部光恵　一九六六年「古代歌謡と宴」『立正大学文学部論叢』第二十五号所収、立正大学

荻美津夫　二〇一〇年「音楽史　古代における音楽―葬礼・神事・宴飲を中心に―」『歴史と地理』第六百三十五号所収、山川出版社

折口信夫　一九九五年a『折口信夫全集1　古代研究（国文学篇）』中央公論社、初版一九二九年

――　一九九五年b『折口信夫全集2　古代研究（民俗学篇　第一）』中央公論社、初版一九二九年

――　一九九五年c『折口信夫全集3　古代研究（民俗学篇　第二）』中央公論社、初版一九三〇年

カ

影山尚之　二〇〇九年「天平勝宝三年正月三日宴の古歌誦詠」『萬葉和歌の表現空間』塙書房、初出二〇〇三年

賀古　明　一九八五年「酒坐歌・酒楽之歌」『琴歌譜新論』風間書房、初出一九七四年

笠井昌昭　一九八九年「古代における「中央的なもの」と「地方的なもの」」『古代日本の精神風土』ぺりかん社、初出一九七七年

梶川信行　二〇一三年a『万葉集の読み方―天平の宴席歌―』翰林書房

――　二〇一三年b「天平の宴席歌―内蔵忌寸縄麻呂の場合―」『日本大学大学院国文学専攻論集』第十号所収、日本大学大学院文学研究科国文学専攻

神谷正昌　一九九一年「紫宸殿と節会」『古代文化』第四十三巻第十二号所収、古代學協會

菊地義裕　一九八九年「まつりとうたげの文学―採物歌と直会―」日本民俗研究大系編集委員会編『文学と民俗学（日本民俗研究大系9）』國學院大學

――　一九九二年「万葉の酣宴」『日本文学研究会会報』第七号所収、東洋大学短期大学日本文学研究会

久米常民　一九六一年「萬葉集の酒宴歌とその誦詠」『萬葉集の誦詠歌』塙書房

倉林正次　一九八七年a『饗宴の研究（儀礼編）』桜楓社、初版一九六五年

——　一九八七年b『饗宴の研究（文学編）』桜楓社、初版一九六九年

興膳　宏　二〇〇七年「遊宴詩序の演変——「蘭亭序」から「梅花歌序」まで——」『國學院中国学会報』第五十三輯所収、國學院大學中国学会

小島憲之　一九六四年『上代日本文学と中国文学（中巻）』塙書房

駒木　敏　一九九四年「みやびとひなび——万葉集の宴席歌を通して——」古橋信孝他編『都と村』勉誠社

近藤健史　一九九二年「樹下の宴——「活道の岡」と「庄の門」の宴歌——」『美夫君志』第四十四号所収、美夫君志会

近藤信義　二〇〇三年『万葉遊宴』若草書房

サ

斉藤充博　一九九二年「宴会の機能」『魚津シンポジウム』第七号所収、洗足学園魚津短期大学

桜井　満　一九八四年『万葉の花——花と生活文化の原点——』雄山閣出版

佐々木民夫　一九九三年「春正月一日の歌——大伴家持の「初《はつ》」「はじめ」をめぐって——」青木生子博士頌寿記念会編『上代文学の諸相』所収、塙書房

佐竹昭広　二〇〇〇年「意味の変遷」『萬葉集抜書』岩波書店、初出一九七七年

佐藤　隆　一九九八年「大伴家持の雪歌——雪梅歌と天平勝宝三年宴席歌——」『中京大学上代文学論究』第六号所収、上代文学論究刊行会

佐藤美知子　一九八四年「『萬葉集』の雅宴歌——主として巻六・一〇一六番歌について——」『大谷女子大国文』第十四号所収、大谷女子大学国文学会

猿田正祝　一九九二年「酒楽歌についての一考察——歌謡と説話の接続を中心として——」『國學院大學大学院紀要（文学研究科）』第二十三号所収、國學院大學

塩谷香織　一九八〇年「万葉集巻十七の編修年月日について」『国語学』第百二十号所収、国語学会

島田晴子　一九九一年　「「あさず飲せ」考」『学習院大学上代文学研究』第十七号所収、学習院大学
志村佳名子　二〇一〇年　「平城宮の饗宴儀礼―八世紀宮室の儀礼空間に関する一考察―」『古代学研究所紀要』第十二号所収、明治大学古代学研究所
城﨑陽子　一九九三年　「宴の民俗」桜井満監修『万葉集の民俗学』所収、桜楓社
千田　稔　二〇一二年　「記紀万葉の風景」『産経新聞』四月二十三日朝刊、奈良版
孫　久富　一九九三年　「記紀歌謡と中国文学―『古事記』の「酒楽の歌」について―」『相愛大学研究論集』第九巻所収、相愛大学

タ

高橋六二　一九八七年　「宴と歌」有精堂編集部編『時代別日本文学史事典　上代編』所収、有精堂出版
武田祐吉　一九七一年　『記紀歌謡集全講』明治書院、初版一九五六年
谷口雅博　二〇〇四年　「崇神紀・大物主神祭祀伝承の意義」『大美和』第百六号所収、大神神社
土橋　寛　一九七〇年　「場の問題」『國文學―解釈と教材の研究―』第十五巻第九号所収、學燈社
――　一九七三年　「神話と歴史―大物主神をめぐって―」『日本文学』第二十二巻第八号所収、日本文学協会
――　一九七六年　「歌の〝読み〟方について―歌の「場」の問題をめぐって（読む）―」『日本文学』第二十五巻第六号所収、日本文学協会
――　一九八〇年　『古代歌謡の世界』塙書房、初版一九六八年
――　一九八六年　『古代歌謡と儀礼の研究』岩波書店、初版一九六五年
――　一九八九年　『古代歌謡全注釈　古事記編』角川書店、初版一九七二年
――　一九九三年　『古代歌謡全注釈　日本書紀編』角川書店、初版一九七六年
土橋寛・池田弥三郎編

一九七五年　『歌謡一（鑑賞　日本古典文学　第四巻）』角川書店
土橋寛・小西甚一校注
一九六七年　『古代歌謡集（日本古典文学大系3）』岩波書店、初版一九五七年
鉄野昌弘　二〇〇七年　『大伴家持「歌日誌」論考』塙書房
都倉義孝　一九七八年　「宴誦歌」伊藤博・稲岡耕二編『万葉集を学ぶ』第七集所収、有斐閣
独立行政法人国立文化財機構奈良文化財研究所編
二〇一〇年　『図説　平城京事典』柊風舎

ナ

内藤英人　一九九四年　「崇神紀の酒宴歌謡について」『日本歌謡研究』第三十四号所収、日本歌謡学会
永池健二　一九九七年　「酒盛考—宴の中世的形態と室町小歌—」友久武文先生古稀記念論文集刊行会編『中世伝承文学とその周辺』所収、渓水社
中田武司　一九九〇年　『白馬節会研究と資料』桜楓社
中村　喬　一九九〇年　『続中国の年中行事』平凡社
中山　薫　一九八四年　「『日本書紀』にみえる宴と『続日本紀』にみえる饗について」瀧川政次郎先生米寿記念論文集刊行会編『神道史論叢』国書刊行会
西本昌弘　一九九七年　「奈良時代の正月節会について」『日本古代儀礼成立史の研究』塙書房
野本寛一　二〇一一年　『食の民俗事典』柊風舎

ハ

橋　重孝　一九七二年　「奈良時代の『風流』について―政治思想から文芸理念へ―」『古代文化』第二十四巻第一号所収、古代学協会

橋本四郎　一九七四年　「幇間歌人佐伯赤麻呂」境田教授喜寿記念論文集刊行会編『境田教授喜寿記念論文集　上代の文学と言語』所収、境田教授喜寿記念論文集刊行会

橋本義則　一九九五年　「平安宮草創期の豊楽院」『平安宮成立史の研究』塙書房、初出一九八四年

畠山　篤　二〇一二年　「枯野伝承の生成（上）―史実と巨木伝承―」『紀要』第四十八号所収、弘前学院大学文学部

服部　旦　一九七七年　「神功皇后「酒楽之歌」の構造と意味―滋賀県水口町総社神社「麦酒祭」の民俗調査に基いての一考察―附説（一）少彦名神と酒造及び常世国　（二）大物主神と酒造」『大妻国文』第八号所収、大妻女子大学国文学会

針原孝之　二〇〇三年　「越の万葉―天平勝宝三年―」高岡市万葉歴史館編『越の万葉集（高岡市万葉歴史館論集6）』所収、笠間書院

平林章仁　一九九四年　『橋と遊びの文化史』白水社

平間充子　二〇〇五年　「煬帝の百戯と日本の正月中旬饗宴儀礼―儀礼における奏楽の政治的意義について―」『東洋音楽研究』第七十一号所収、東洋音楽学会

廣岡義隆　二〇一〇年　『行幸宴歌論』和泉書院

服藤早苗　一九九三年　「正月儀礼と饗宴―「家」的身分秩序儀礼の成立―」十世紀研究会編『中世成立期の歴史像』所収、東京堂出版

藤原享和　二〇〇七年　『古代宮廷儀礼と歌謡』おうふう

古瀬奈津子　二〇〇三年　『遣唐使の見た中国』吉川弘文館

古橋信孝　一九八三年　「古代のうたの表現の論理―〈生産叙事〉からの〈読み〉―」『文学』第五十一巻第五号所収、岩波書店

マ

松田毅一／E・ヨリッセン
　一九八三年　『フロイスの日本覚書―日本とヨーロッパの風習の違い―』中央公論社
松田　聡　二〇一一年　「万葉集の餞宴の歌―家持送別の宴を中心として―」『国語と国文学』第八十八巻第六号所収、東京大学国語国文学会
真鍋昌弘　二〇〇三年　「酒宴と歌謡」『口頭伝承〈トナエ・ウタ・コトワザ〉の世界（講座日本の伝承文学）』第九巻所収、三弥井書店
丸山裕美子　一九九八年　「唐と日本の年中行事」『日本古代の医療制度』名著刊行会、初出一九九二年
身崎　壽　一九八五年　「モノガタリにとってウタとはなんだったのか―記紀の〈歌謡〉について―」『日本文学』第三十四巻第二号所収、日本文学協会
水島義治　一九六一年　「酒楽歌」『国語国文研究』第十八・十九号所収、北海道大学国語国文学会
宮岡　薫　一九八七年　『古代歌謡の構造』新典社
村井康彦・松岡心平
　一九八六年　「（対談）宴と場の文化をめぐって」『日本の美学』第八号所収、ぺりかん社
村田右富実　二〇一三年　「『万葉集』巻五の前半部の性質について」『萬葉集研究』第三十四集所収、塙書房
森　朝男　一九八八年　『古代和歌と祝祭』有精堂出版
森　淳司　一九八二年　「万葉集宴席歌考―天平宝字二年二月、中臣清麻呂の宅の宴歌十八首―」『語文』第五十五輯所収、日本大学国文学会
――　一九八五年　「万葉宴席歌試論――交歓宴歌について　その一」五味智英・小島憲之編『万葉集研究』第十三集所収、塙書房
――　一九九三年　「万葉集宴席歌試論―餞席終宴歌について（一）―」青木生子博士頌寿記念会編『上代文学の諸相』所収、

塙書房
森　陽香　二〇〇六年「石立たす司―スクナミカミと常世の酒と―」『上代文学』第九十七号所収、上代文学会
森本治吉　一九四二年『萬葉集の藝術性』修文館、初版一九四一年
盛本昌広　二〇〇八年『贈答と宴会の中世』吉川弘文館

ヤ

柳田国男　一九九八年a「明治大正史　世相篇」『柳田國男全集』第五巻、筑摩書房、初出一九三一年
――　一九九八年b「日本の祭」『柳田國男全集』第十三巻、筑摩書房、初出一九四二年
山崎健司　二〇一〇年『大伴家持の歌群と編纂』塙書房
山路平四郎　一九七三年『記紀歌謡評釈』東京堂出版
山下信一郎　一九九四年「『延喜式』からみた節会と節禄―「賜」の考察―」『延喜式研究』第九号所収、筑波大学
山中　裕　一九七二年『平安朝の年中行事』塙書房
吉田恵二　一九九九年「日本古代庭園遺跡と曲水宴」『國學院雑誌』第百巻第十一号所収、國學院大學

ワ

渡瀬昌忠　二〇〇三年「四人構成の場―U字型の座順―」『渡瀬昌忠著作集　第八巻　万葉集歌群構造論』おうふう、初出一九七六年
渡邊欣雄　一九八六年「宴の意味―語義論から象徴論へ―」『日本の美学』第八号所収、ぺりかん社
和田　萃　二〇〇三年「倭成す大物主神」『大美和』百五号所収、大神神社

N.D.C.914 246p 18cm
ISBN978-4-06-288258-3

写真提供：奈良文化財研究所（P74、P133）、国際日本文化研究センター（P170）

講談社現代新書　2258

万葉《まんよう》びとの宴《うたげ》

二〇一四年四月二〇日第一刷発行　二〇二三年二月二四日第三刷発行

著者　上野《うえの》誠《まこと》

発行者　鈴木章一
発行所　株式会社講談社
東京都文京区音羽二丁目一二―二一　郵便番号一一二―八〇〇一
電話　〇三―五三九五―三五二一　編集（現代新書）
〇三―五三九五―四四一五　販売
〇三―五三九五―三六一五　業務
装幀者　中島英樹
印刷所　株式会社ＫＰＳプロダクツ
製本所　株式会社国宝社
定価はカバーに表示してあります　Printed in Japan

「講談社現代新書」の刊行にあたって

教養は万人が身をもって養い創造すべきものであって、一部の専門家の占有物として、ただ一方的に人々の手もとに配布され伝達されうるものではありません。

しかし、不幸にしてわが国の現状では、教養の重要な養いとなるべき書物は、ほとんど講壇からの天下りや単なる解説に終始し、知識技術を真剣に希求する青少年・学生・一般民衆の根本的な疑問や興味は、けっして十分に答えられ、解きほぐされ、手引きされることがありません。万人の内奥から発した真正の教養への芽ばえが、こうして放置され、むなしく滅びさる運命にゆだねられているのです。

このことは、中・高校だけで教育をおわる人々の成長をはばんでいるだけでなく、大学に進んだり、インテリと目されたりする人々の精神力の健康さえもむしばみ、わが国の文化の実質をまことに脆弱なものにしています。単なる博識以上の根強い思索力・判断力、および確かな技術にささえられた教養を必要とする日本の将来にとって、これは真剣に憂慮されなければならない事態であるといわなければなりません。

わたしたちの「講談社現代新書」は、この事態の克服を意図して計画されたものです。これによってわたしたちは、講壇からの天下りでもなく、単なる解説書でもない、もっぱら万人の魂に生ずる初発的かつ根本的な問題をとらえ、掘り起こし、手引きし、しかも最新の知識への展望を万人に確立させる書物を、新しく世の中に送り出したいと念願しています。

わたしたちは、創業以来民衆を対象とする啓蒙の仕事に専心してきた講談社にとって、これこそもっともふさわしい課題であり、伝統ある出版社としての義務でもあると考えているのです。

一九六四年四月　野間省一

哲学・思想Ⅰ

66 哲学のすすめ――岩崎武雄
159 弁証法はどういう科学か　三浦つとむ
501 ニーチェとの対話――西尾幹二
871 言葉と無意識――丸山圭三郎
898 はじめての構造主義　橋爪大三郎
916 哲学入門一歩前――廣松渉
921 現代思想を読む事典　今村仁司 編
977 哲学の歴史――新田義弘
989 ミシェル・フーコー　内田隆三
1001 今こそマルクスを読み返す　廣松渉
1286 哲学の謎――野矢茂樹
1293 「時間」を哲学する――中島義道
1315 じぶん・この不思議な存在――鷲田清一
1357 新しいヘーゲル――長谷川宏
1383 カントの人間学――中島義道
1401 これがニーチェだ――永井均
1420 無限論の教室――野矢茂樹
1466 ゲーデルの哲学――高橋昌一郎
1575 動物化するポストモダン　東浩紀
1582 ロボットの心――柴田正良
1600 ハイデガー＝存在神秘の哲学――古東哲明
1635 これが現象学だ――谷徹
1638 時間は実在するか　入不二基義
1675 ウィトゲンシュタインはこう考えた　鬼界彰夫
1783 スピノザの世界――上野修
1839 読む哲学事典――田島正樹
1948 理性の限界――高橋昌一郎
1957 リアルのゆくえ――大塚英志 東浩紀
1996 今こそアーレントを読み直す――仲正昌樹
2004 はじめての言語ゲーム――橋爪大三郎
2048 知性の限界――高橋昌一郎
2050 超解読！ はじめてのヘーゲル『精神現象学』　竹田青嗣 西研
2084 はじめての政治哲学　小川仁志
2099 超解読！ はじめてのカント『純粋理性批判』　竹田青嗣
2153 感性の限界――高橋昌一郎
2169 超解読！ はじめてのフッサール『現象学の理念』――竹田青嗣
2185 死別の悲しみに向き合う――坂口幸弘
2279 マックス・ウェーバーを読む――仲正昌樹

哲学・思想Ⅱ

13 論語——貝塚茂樹
285 正しく考えるために 岩崎武雄
324 美について——今道友信
1007 日本の風景・西欧の景観——オギュスタン・ベルク 篠田勝英 訳
1123 はじめてのインド哲学 立川武蔵
1150 「欲望」と資本主義——佐伯啓思
1163 「孫子」を読む——浅野裕一
1247 メタファー思考——瀬戸賢一
1248 20世紀言語学入門 加賀野井秀一
1278 ラカンの精神分析——新宮一成
1358 「教養」とは何か——阿部謹也
1436 古事記と日本書紀 神野志隆光
1439 〈意識〉とは何だろうか 下條信輔
1542 自由はどこまで可能か 森村進
1544 倫理という力——前田英樹
1560 神道の逆襲——菅野覚明
1741 武士道の逆襲——菅野覚明
1749 自由とは何か——佐伯啓思
1763 ソシュールと言語学——町田健
1849 系統樹思考の世界——三中信宏
1867 現代建築に関する16章 五十嵐太郎
2009 ニッポンの思想——佐々木敦
2014 分類思考の世界——三中信宏
2093 ウェブ×ソーシャル×アメリカ 池田純一
2114 いつだって大変な時代——堀井憲一郎
2134 いまを生きるための思想キーワード——仲正昌樹
2155 独立国家のつくりかた 坂口恭平
2167 新しい左翼入門——松尾匡
2168 社会を変えるには——小熊英二
2172 私とは何か——平野啓一郎
2177 わかりあえないことから 平田オリザ
2179 アメリカを動かす思想 小川仁志
2216 まんが 哲学入門——森岡正博 寺田にゃんこふ
2254 教育の力——苫野一徳
2274 現実脱出論——坂口恭平
2290 闘うための哲学書——小川仁志 萱野稔人
2341 ハイデガー哲学入門 仲正昌樹
2437 ハイデガー『存在と時間』入門——轟孝夫

宗教

Ⓒ

日本史Ⅰ

知的生活のヒント

78 大学でいかに学ぶか 増田四郎
86 愛に生きる——鈴木鎮一
240 生きることと考えること 森有正
297 本はどう読むか——清水幾太郎
327 考える技術・書く技術——板坂元
436 知的生活の方法——渡部昇一
553 創造の方法学——高根正昭
587 文章構成法——樺島忠夫
648 働くということ——黒井千次
722 「知」のソフトウェア——立花隆
1027 「からだ」と「ことば」のレッスン——竹内敏晴
1468 国語のできる子どもを育てる——工藤順一

1485 知の編集術——松岡正剛
1517 悪の対話術——福田和也
1563 悪の恋愛術——福田和也
1620 相手に「伝わる」話し方 池上彰
1627 インタビュー術！——永江朗
1679 子どもに教えたくなる算数 栗田哲也
1865 老いるということ——黒井千次
1940 調べる技術・書く技術——野村進
1979 回復力——畑村洋太郎
1981 日本語論理トレーニング——中井浩一
2003 わかりやすく〈伝える〉技術——池上彰
2021 新版 大学生のためのレポート・論文術——小笠原喜康
2027 地アタマを鍛える知的勉強法——齋藤孝

2046 大学生のための知的勉強術——松野弘
2054 〈わかりやすさ〉の勉強法——池上彰
2083 人を動かす文章術——齋藤孝
2103 アイデアを形にして伝える技術——原尻淳一
2124 デザインの教科書——柏木博
2165 エンディングノートのすすめ——本田桂子
2188 学び続ける力——池上彰
2201 野心のすすめ——林真理子
2298 試験に受かる「技術」——吉田たかよし
2332 「超」集中法——野口悠紀雄
2406 幸福の哲学——岸見一郎
2421 牙を研げ 会社を生き抜くための教養 佐藤優
2447 正しい本の読み方 橋爪大三郎

文学

2 光源氏の一生——池田弥三郎

180 美しい日本の私——川端康成 サイデンステッカー

1026 漢詩の名句・名吟——村上哲見

1208 王朝貴族物語——山口博

1501 アメリカ文学のレッスン——柴田元幸

1667 悪女入門——鹿島茂

1708 きむら式 童話のつくり方——木村裕一

1743 漱石と三人の読者——石原千秋

1841 知ってる古文の知らない魅力——鈴木健一

2029 決定版 一億人の俳句入門 長谷川櫂

2071 村上春樹を読みつくす 小山鉄郎

2209 今を生きるための現代詩 渡邊十絲子

2323 作家という病——校條剛

2356 ニッポンの文学——佐々木敦

2364 我が詩的自伝——吉増剛造

趣味・芸術・スポーツ

620 時刻表ひとり旅——宮脇俊三
676 酒の話——小泉武夫
1025 J・S・バッハ——礒山雅
1287 写真美術館へようこそ——飯沢耕太郎
1404 踏みはずす美術史——森村泰昌
1422 演劇入門——平田オリザ
1454 スポーツとは何か——玉木正之
1510 最強のプロ野球論——二宮清純
1653 これがビートルズだ 中山康樹
1723 演技と演出——平田オリザ
1765 科学する麻雀——とつげき東北
1808 ジャズの名盤入門——中山康樹
1890 「天才」の育て方——五嶋節
1915 ベートーヴェンの交響曲——金聖響 玉木正之
1941 プロ野球の一流たち 二宮清純
1970 ビートルズの謎——中山康樹
1990 ロマン派の交響曲——金聖響 玉木正之
2007 落語論——堀井憲一郎
2045 マイケル・ジャクソン——西寺郷太
2055 世界の野菜を旅する 玉村豊男
2058 浮世絵は語る——浅野秀剛
2113 なぜ僕はドキュメンタリーを撮るのか——想田和弘
2132 マーラーの交響曲——金聖響 玉木正之
2210 騎手の一分——藤田伸二
2214 ツール・ド・フランス 山口和幸
2221 歌舞伎 家と血と藝 中川右介
2270 ロックの歴史——中山康樹
2282 ふしぎな国道——佐藤健太郎
2296 ニッポンの音楽——佐々木敦
2366 人が集まる建築——仙田満
2378 不屈の棋士——大川慎太郎
2381 138億年の音楽史 浦久俊彦
2389 ピアニストは語る ヴァレリー・アファナシエフ
2393 現代美術コレクター 高橋龍太郎
2399 ヒットの崩壊——柴那典
2404 本物の名湯ベスト100 石川理夫
2424 タロットの秘密——鏡リュウジ
2446 ピアノの名曲——イリーナ・メジューエワ

日本語・日本文化

105 タテ社会の人間関係　中根千枝
293 日本人の意識構造——会田雄次
444 出雲神話——松前健
1193 漢字の字源——阿辻哲次
1200 外国語としての日本語——佐々木瑞枝
1239 武士道とエロス——氏家幹人
1262 「世間」とは何か——阿部謹也
1432 江戸の性風俗——氏家幹人
1448 日本人のしつけは衰退したか——広田照幸
1738 大人のための文章教室　清水義範
1943 なぜ日本人は学ばなくなったのか——齋藤孝
1960 女装と日本人——三橋順子
2006 「空気」と「世間」——鴻上尚史
2013 日本語という外国語　荒川洋平
2067 日本料理の贅沢——神田裕行
2092 新書　沖縄読本——下川裕治　仲村清司　著・編
2127 ラーメンと愛国——速水健朗
2173 日本人のための日本語文法入門——原沢伊都夫
2200 漢字雑談——高島俊男
2233 ユーミンの罪——酒井順子
2304 アイヌ学入門——瀬川拓郎
2309 クール・ジャパン!?　鴻上尚史
2391 げんきな日本論——橋爪大三郎　大澤真幸
2419 京都のおねだん——大野裕之
2440 山本七平の思想——東谷暁